最強陰陽師とAI《あい》ある式神の異世界無双 〜人工知能ちゃんと謳歌する第二の人生〜

・出雲大吉

「よし、AIちゃん。
俺の第二の人生を始めよう！」
如月悠真《キサラギ・ユウマ》
元凄腕の陰陽師。異世界に
転生後は冒険者となる。

「おー！」
AIちゃんが嬉しそうに応えた。
AI《エーアイ》ちゃん
悠真のスキル「AI」が式神に
憑依し、少女の姿で顕現した。

「よーし！　狐火！」
俺が出した火球は狐の尻尾のように伸びていき、
藁人形に直撃する。

「ひえー……」
ナタリア
冒険者。回復魔法が得意。
「……私、魔法使いを名乗るのをやめようかな」
アリス
冒険者。攻撃魔法が得意。
ナタリアとは幼馴染どうし。

悠真とAIちゃんは
巨大な蜂の背に乗り移る。
「大きいですねー。
この針に刺されたら
毒とか以前に死にそうです」

パメラは突如現れた巨大な蜂に驚いている。
パメラ
面倒見が非常に良い
ギルドの受付嬢。

「そうか……お前は、如月の……」
レイラは怪しげな笑みを浮かべる。
レイラ
ナタリアとアリスが所属している
クランのリーダー。

最強陰陽師とAI《あい》ある式神の異世界無双

～人工知能ちゃんと謳歌する第二の人生～

•

出雲大吉

ハガネ文庫

カバー・口絵・本文イラスト
Cover/frontispiece/text illustrations

●

へいろー
Heiro

目次

プロローグ――異世界転移？

俺は死んだ。

死因は老衰。

九十九歳で死んだのだから大往生だろう。

まあ、あと一年で百歳だったからそこまでは生きたいと思っていたのだが、こればっかりは仕方がない。

しかし、死ねば、極楽浄土《ごくらくじょうど》か地獄に行くと言われていた。

果たして、俺はどっちだろう？

俺は陰陽師《おんみょうじ》であり、多くの人を救ってきたし、町の寺にも多大な寄付をしてきた。

その点では極楽浄土に行けるかもしれない。

だが、自分でも自分がまともな人生を送ってきたとは思っていない。

妖《あやかし》や霊を祓《はら》ってきたが、敵対する人やもう救えない者を殺してきたりもしていたのだ。

それに家族にも迷惑を……あれ？

家族のことが思い出せない……。

両親のことは思い出せる。
弟や妹のことも思い出せる。
だが、俺の嫁や子供のことが思い出せない。
というか、結婚したのか？
いや、さすがにしているとは思う。
俺は国で最高の陰陽師の家系の一つの如月《きさらぎ》家の跡取りだし……あれ？
俺って、当主になったんだっけ？
なんだこれ？
おかしい……。
若い頃のことは思い出せるが、それ以降が断片的にしか思い出せない。
俺は九十九歳で死んだ……。
それまで陰陽師として多くの妖を祓ってきた……。
あれ？
ほかには？
なんだこれ？
記憶がおかしい……。
「——クソッ……って、え？」

俺は思わず目が覚め、上半身を起こしたのだが、呆《ほう》けてしまった。

何故なら布団の上で死んだはずの俺がどこぞの森の中にいたからだ。

「おい、ここはどこだ？」

思わず、独り言が漏《も》れるくらいには混乱していた。

「どうなって……え？」

手を頭に持っていこうとした瞬間、またもや呆けてしまった。

俺の手がしわしわのジジイの手ではなく、若く張りのある手だったからだ。

「おいおい……」

そのままあちこちを触ってみるが、体中にしわなんかない。

それどころか、慢性的な頭痛や腰の痛みもなくなっており、何十年前を思い出すかのようだった。

「どうなってんだ？　まさか、極楽浄土？」

極楽浄土って森だったのか……。

川は酒が流れているのか？

『おはようございます、マスター』

混乱していると、急に脳内に声が聞こえてきた。

「――誰だっ!?」

すぐに飛び起き、周囲を見渡す。

しかし、誰もいない。

『私の説明は後にしましょう。まずは敵が接近していますのでそちらの対処をお願いします』

「敵？」

俺は混乱したままだが、脳内の言葉に従い、霊力を使って、周囲を探ってみる。

すると、近くの草むらにわずかな妖気を感じた。

「なんだ？」

妖気的にたいしたことないだろうなと思い、近くに落ちていた石を拾うと、草むらに向かって投げてみる。

「――グギャ!?」

変な声が聞こえてきたと思ったら草むらががさがさと動き、醜悪《しゅうあく》な顔をして木の棒を持つ小鬼が姿を現した。

「餓鬼《がき》……か？」

似ているが微妙に違う気がする。

「グギャー！」

うーん、木の棒を持った餓鬼なんて初めて見たんだが……。

『マスター？　マスター！　敵が急速に接近中！　対処を！　マスター!?　早くしてください！』

この謎の声も意味わからんし……。

ここ、本当に極楽浄土か？

餓鬼がいる時点で地獄じゃない？

「やはり生前の行いが……鬱陶《うっとう》しいな！」

「グギャッ！」

近づいてきた餓鬼もどきを蹴飛ばすと、餓鬼もどきが後方に飛んでいく。

「よくわからんが、声に従っておくか……狐火《きつねび》！」

餓鬼もどきに向かって指を向けると、指から出た金色の火が餓鬼もどきを襲った。

「グギャッ！　グギャギャッー！」

火に焼かれた餓鬼もどきはその場で転がり、バタバタしながら火を消そうとしているが、火はまったく消える気配を見せず、餓鬼もどきは次第に動かなくなっていく。

そして、まったく動かなくなると、火が消え、そこには黒い物体が残された。

「うーむ、強さは餓鬼だし、餓鬼かもしれんな」

きっと新種の餓鬼だろう。

『いいえ、それは餓鬼ではなく、ゴブリンです』

んー？

ゴブリン？

「なんだそれ？」

『ゴブリンは魔物です。子供サイズでたいした力はありませんが、繁殖力が強く、数が多いです』

ふーん……。

「そんなのいたかなー？　もしかして、ここって異国だったりするのか？」

『マスターから見たらそうでしょう』

「俺、異国の極楽浄土に来たのか？　もしくは地獄？」

なんでだ？

『マスター、冷静に話を聞いてもらえますか？』

脳内の声が改まって聞いてくる。

「聞こうではないか……俺は人の話をよく聞くようにしているんだ」

『マスターも若い頃は柔軟だったんですね……晩年は頑固ジジイだったのに』

おい！

「誰が頑固ジジイだ！　俺は親父や死んだ爺さんとは違うぞ！」

まったく覚えていないが、俺はあんな風にはならないと思っていたのだ。

『血は争えないってやつですよ……いえ、話が逸れました。説明をいたします。まず、マスターは死にました。享年九十九歳、老衰です』

知ってる。

「それはわかる。わかるんだが、ほかのことがまったく思い出せん。というか、俺、九十九歳か？」

どう見ても若い。

しかも、さっきの蹴りは九十九歳にできることではないし、狐火にしても威力が上がっていた。

『その辺りを詳しく説明いたしましょう。マスターは死亡し、異世界に転生されました』

「すまんが、言っていることがまったくわからん」

何を言っているんだ？

『輪廻《りんね》転生《てんせい》はご存じですよね？』

「もちろん知っている。寺の坊主から聞いたことがあるからな」

良いのに生まれ変わりたかったら寄付しろって言われたから寄付した。

『はい。マスターは異世界でご自分に転生したのです。ご自分の全盛期……つまり二十歳の時ですね』

それ、転生って言うのか？

生き返って若返っただけだろ。

「俺の全盛期って二十歳の頃なのか？」

『肉体年齢の全盛期です。知識や経験的にはずっと後でしょうが、今はその知識や経験も残っています。二十歳の頃には使えなかった術が使えるでしょう？』

謎の声にそう言われて、思い浮かべてみると、たしかに晩年に使えるようになった術も思い出せる。

「なるほど……しかし、根本的な話なんだが、なんで俺は転生したんだ？　しかも、異世界？　異世界ってなんだ？」

『はい、説明します。転生した理由は不明。異世界というのはマスターがいた世界とは異なる世界です』

要は何にもわからないんだな……。

「まあいい。極楽浄土でもなければ、地獄でもないところに二十歳の俺が来たということでいいんだな？」

『はい、そうなります』

よくわからんが、そういうこともあるだろう。

寺の坊主から聞いたことがない話だが、そもそも死後のことなんか誰もわからん。

「次にだが、お前はなんだ？　というか、姿を現せ。俺にも見えない霊など聞いたこともない」

もしかして、神か仏？

『はい。私は霊ではございません。マスターのスキルでございます』

また意味がわからない言葉が出てきた……。

「スキルってなんだ？」

『技能のことでございます。マスターの術みたいなものだと思ってください』

「俺はそんな術を覚えてないぞ。もしかして、その記憶がないだけか？」

『いえ、これは異世界に来たことによって生まれたマスターの新しい技能でございます。そう実を言いますと、この異世界では稀《まれ》にマスターのような転生者が現れます。そして、そういう者は特別なスキルを持っているのです』

これは特別らしい。

俺には幻聴にしか思えんのだがなー。

「どういうことができるんだ？　話し相手か？」

『それも可能です。マスターが授かったスキルは【ＡＩ】です』

えーあい？

「お前は俺のスキルだったのか？　少し、不親切だな……」

意味のわからない言葉を使いすぎ。

『すみません。ですが、それが正式名称ですので』

「まあよい。俺は寛容なんだ。許してやろう」

『マスターも若い頃は広い心を持っていたんですねー……朝食の卵焼きが一つしかないって言って、五十も下の奥さんを怒鳴り散らしたクソじじいとは思えません』

なんだそのクソじじい？

マジでクソじじいだな。

「いや、待て！　五十も下の奥さんってなんだ!?」

アホかっ！

七十歳で二十歳を娶《めと》ったのか!?

スケベジジイじゃん！

『それ、聞きます？　十二番目の奥さんの話ですけど……』

十二番目!?

俺、どうなってんだ!?

「俺はまったく思い出せないが、お前は知っているのか？」

『はい。私はＡＩ。すなわち、人工知能になります。生前のマスターの情報を持っております』

「人工知能？」

人が作った知能か？

『はい。マスターのスキルは人工知能による補助能力です』

「式神みたいなものか？」

『申し訳ございません。式神とはなんでしょう？』

あれ？

「陰陽術の一つだ。護符を使って使役するお前の言うところの人工生命体みたいなものだな。もっとも、お前みたいにしゃべらないが……」

命令どおりに動くだけだ。

『なるほど。実を言うと、私はこの世界のこととマスターの生前のことしかわからないのです。ですので、マスターの術？　陰陽術ですか？　名前はわかるのですが、どういうものかを把握しておりません』

「補助能力のくせにわからんのか？」

使えないな……。

『学習機能がありますので教えていただくか、見聞きすれば問題ありません』

本当に知能なんだな……。

「そういうことなら見せてやるか……」

俺は懐から何も書いていない紙札を取り出すと、霊力を込める。

　すると、紙に文字が浮かび上がる。

「どういうのがいい？　さっきの小鬼の大きいやつとか、蜘蛛《くも》とか、鳥とかいろいろあるが……」

『人型はないんです？』

　人型……。

「あるにはあるが……」

『それでお願いします』

「じゃあ、まあ……」

　俺が渋々、護符を地面に飛ばすと、護符が光り輝き、金色の髪をした白い和服の少女が現れた。

　少女は無表情で立っており、ただただ俺を見上げ、命令を待っている。

『おー！　かわいらしいですねー！　お母様そっくり！　お母様の小さいバージョンですね！』

　だから嫌なんだよ……。

　俺の母親は人間ではない。

　人に化けた妖狐《ようこ》だった。

　そして、イタズラばっかりしてくるし、歳もとらないから苦手だった。

あと、金狐《きんこ》だから仕方がないが、この謎の髪の色が成金趣味みたいで嫌。

「人型はそれだけだな。というか、母上に教わったやつだ」

俺はあまり人型の式神は好まない。

式神は囮《おとり》とかに使うし、要は使い捨てだから人型だと気分が悪いのだ。

「でも、お母様とは大きさが違いますし、問題ないのでは？」

式神が自分の身体を見下ろしながら聞いてくる。

「いや、面影があるだけで嫌だわ……え？」

今、脳内じゃなくて式神がしゃべらなかった？

「どうしました、マスター？」

式神が首を傾げながら聞いてくる。

「え？　お前、俺の脳内に巣くっていた幻聴スキルか？」

「もう少し言い方……いや、しゃべりにくいし、傍から見たら独り言を言いまくっているように見えるマスターのことを思って、こちらに移動したんです」

移動できるの!?

すげー！

「なんで移動できるんだ？」

腹ぐらいまでの背丈しかない少女型の式神を見下ろしながら聞く。

「この術も私もマスターのスキルです。マスターのスキルならそういうことも可能です」

ようわからん。

「つまり蜘蛛でもいいわけだな？」

「良くないです。どうせ化け蜘蛛《ぐも》でしょ。かわいい女の子がいいです！」

術者に逆らうスキルってなんだ？

「まあ、化け蜘蛛はマズいか……質問を続けてもいいか？」

「どうぞ」

式神がニッコリと笑う。

非常にかわいらしいが、どうしても母上がチラつく。

「お前というか、俺のスキルはだいたいわかった。何故か若返っているのも記憶が微妙なのもそういうものだと納得しよう。だが、俺はこの異世界とやらで何をすればいいんだ？」

「それはマスターがお決めになってください。これはマスターの第二の人生です。前世のように過ごすのもいいですし、違った人生を歩むのもいいです。私がお手伝いしましょう」

第二の人生か……。

「うーん……」

「やり残したこととかないんです？　もしくは、別の道に進みたかったとかは？」

「ない……というか、思い出せない。少なくとも二十歳の俺は特に不満がなかった」

ウチは代々陰陽師を輩出してきた名家だった。

その次期当主だった俺はなんの疑問もなく、親父の跡を継ぎ、如月の家と国を守っていくつもりだった。

そして、おそらくだが、そのとおりな人生だったのだろう。

「マスターは人よりちょっと愛が多い方でしたが、根は真面目でしたからね。ならば、次の人生では好きに生きるのはどうです？」

「好きにとは？」

「マスターの人生はある意味で決められた人生でした。人々を救い、国を守る。それはとても立派で尊いことです。ですが、そのためにやりたいことを抑え、下の者を纏《まと》めてきたのでしょう？」

当主になったのだからそうなのだろう。

「好きにねー……それもいいかもな」

俺は子供の頃から食事一つにしても決められていた。

良いものを食わせてもらったが、好きなものを食いたいという思いもなかったわけではない。

あと、座学や礼儀の躾も嫌いだった。

「好きに生きましょう。健康に良い野菜も魔力を上げるための百足《むかで》や蜘蛛も食べなくていいんですよ？」

野菜は嫌いだったが、実はムカデや蜘蛛は好きだったがな。

炙《あぶ》ったら結構、美味いんだぞ。

弟や妹たちは当主になるための苦行と思い、可哀想な目で見ていたが、俺はなんとも思っていなかった。

「まあ、わかった。そうしよう。といっても、ここはどういう世界なんだ？　さっきの餓鬼みたいなゴブリンも知らんし、よく見ると、草木も微妙に違うぞ」

周囲にある木々や草は俺の国にあったものではない。

「その辺りは随時、教えます。まずは人里に向かいましょう」

当然、人もいるのか。

「それはいいが、お前はその姿で行く気か？　その髪は目立つからやめてほしいんだが」

「あー、それなんですが、この世界では金髪は普通です。マスターの世界は九割九分黒髪でしたが、この世界はいろんな髪色の人がいますし、種族も多いです」

成金髪が多いの？

嫌な世界……。

「種族とは？」

「人族だけじゃないです。人型の別の種族がいます」

「なんだそれ？」

意味わからん。

人は人だろう。

「会えばわかります。獣耳《けもみみ》の人もいるんですよ」

式神が両手を頭に持っていき、ぴょんぴょんと振る。

「それ、半妖化した母上だろ」

普段は普通の人だったが、半妖化したら狐耳が頭にあったし、尻尾もあった。

尻尾を枕にすると気持ちよく寝られるが、寝たら母上にくだらないイタズラをされるから要注意。

「そういう意味ではマスターも……あれ？　マスターって人です？」

「人だろ」

ほかになにがあるんだよ。

「うーん、ハーフ？　獣人になるの、か？　うーん……いや、妖狐って魔物みたいなものだし……人類の敵？」

なんか不穏なことを言ってるな……。

「魔物ってさっきの醜悪なゴブリンだろ。母上をあんなのと一緒にするな。神と呼べ」

母上だって、きっとお稲荷さんみたいなものだろう。

絶対に違うだろうけど。

「デミゴッドみたいなものかな？　まあいいです。マスター、お母様が妖狐なことは言わないようにしてください。ここは異世界ですし、マスターの世界の常識は通じません」

まあ、郷に入っては郷に従えと言うしな。

「わかっている。俺の陰陽術はどうだ？」

「特殊な魔法ということにしてください」

「魔法？」

「この世界の人の中には数は少ないですが、火を出したり、水を出したりすることができる者がいます」

俺もできるな。

要はその仲間と思わせておけばいいわけだ。

「わかった。それでいこう」

「ほかにご質問はありませんか？」

「ああ、そうだ……実は最初から気になっていたことがある」

聞く機会がなかったのだ。

「なんでしょう？」

「マスターってなんだ？　俺のことを指しているのはわかるんだが……」

「本当に最初ですね。要はご主人様、旦那様などの自分より上位に値する者への敬称です。ほかのものがよろしければ変えます。当主様、先生、悠真《ゆうま》様……どれがよろしいでしょう？」

悠真は俺の名前だ。

如月悠真。

本当はもっと長いんだが、基本的にはそれでいい。

まあ、呼び方なんてなんでもいいか……。

「マスターでいい。意味を知りたかっただけだ」

「では、マスターで。私はマスターの弟子という設定でいきましょう。娘は嫌でしょうしね」

嫌だな。

こいつの見た目は十歳前後だろうが、二十歳で十歳の子供がいるのはヤバい。

まあ、五十歳下の奥さんがいたらしい俺が言うことではないが……。

「お前はなんと呼べばいい？」

「キンコちゃんはどうです？」

母上じゃねーか！

「却下。そういえば、名前があったな。えーあいで」

「それはスキル名であって、名前ではないんですけどねー……まあ、AI《エーアイ》ちゃんでいいです」

「よし、ＡＩちゃん。俺の第二の人生を始めよう！」

「おー！」

ＡＩちゃんが嬉《うれ》しそうに手を上げた。

俺はそんなＡＩちゃんを見ていると、微笑《ほほえ》ましくなったので頭を撫でる。

「なんかほっこりするなー」

「マスターは気難しいジジイのくせにお孫さんたちにはデレデレでしたからね」

ただのジジイだな。

そんな孫と同じくらいの年齢の子を娶ったスケベジジイのくせに……。

「では、参りましょう。人里はこっちになります」

俺はＡＩちゃんの案内のもと、歩き出した。

「若い身体っていうのは本当に良いな」

歩き出したら本当にすごいと思う。

苦もなく歩ける。

「スケベジジイ……」

隣を歩くＡＩちゃんが自分の身体を庇《かば》うように抱き、ジト目で見上げてくる。

「自分の身体のことだよ！」

「いやー、十人以上も奥さんがいて、三十人以上のお子さんがいた人ですからねー。本当に愛が多い方でした」

すげー！

もはや将軍様じゃん。

「それマジなん？　どんだけ女好きなんだよ」

自分のことながら引くわ。

「まあ、いろいろと事情もあったのですよ。女好きなのはそのとおりなんですけどね」

そうかなー？

俺も男だから当然、そういう気持ちもあるが、べつに女がいないとダメっていうわけではない。

もちろん、当主だし、跡取りが必要だから女っ気がないっていうのもそれはそれで問題なんだが。

「俺がそうなるのかー……」

「前世の話ですよ。これから別の道を歩むマスターは違う人生を歩むでしょう」

それもそうだな。

この人生では必ずしも子供が必要なわけではないし、嫁を取らないといけないということもない。

気楽にやるか……。

俺達はその後も森の中を進んでいく。

しばらく進んでいると、足を止めた。

「マスター？　どうされました？」

ＡＩちゃんが見上げながら聞いてくる。

「妖気だな……」

「妖気？　私のセンサーには何も感じませんが？」

センサー？

「センサーとはなんだ？」

「私の機能はいくつかあるのですか、その一つが周囲の敵情報を探知することなんです」

そりゃ便利だな。

「ふーん……妖気はここより五町くらいのところだな」

「五町……五町!?　五十五メートルですか!?」

メートル？

「メートルって？」

「この世界の単位です。後でこっちの世界の単位を教えましょう……って、違います！　なんでそんな先の妖気を探れるんですか!?　私のセンサーは三十メートルですよ！」

三十メートル……つまり十丈《じょう》か。

「たいしたことではない。隠されたらわからんが、こんな駄々洩《も》れではさすがにわかる。これは人ではないな……妖《あやかし》……いや、魔物だったか？　それが十以上はいるな」

「はえー……さすがは名家の当主様ですね。なんの魔物ですかね？」

俺が知るわけないだろ。

「さあな？　行ってみるか？」

「危険では？」

「この程度なら俺の相手ではない。それに魔物以外にもわずかだが、違う力を感じる」

妖気ではない。

微妙に似ているが、霊力でもない。

「違う力？」

「うーん……この世界は魔法があるんだったな？　それは霊力か？」

「いえ、魔力と呼ばれるものです」

魔力ねー……。

「それかもな……そうなると、人か？」

「その可能性は高いかと。魔物は人を襲います」

前の世界の妖と同じか……。

母上のような友好的な妖もいるが、基本は人を襲う。

「見にいってみるかね」

「助けるんです？」

「それが仕事だった。別の人生を歩むことにしたが、陰陽師であることに変わりはないからな。それにこの世界の魔物とやらの程度が知りたい」

ゴブリンは雑魚すぎてなんの参考にもならなかった。

「わかりました。いざとなれば、私が盾になりましょう」

「そういえば、お前はその体が消滅したらどうなるんだ？」

この式神は人とほぼ変わらないので耐久性が低い。

「その場合はマスターの中に戻りますので新しい式神を出してください。再び、そちらに移ります。でも、蜘蛛《くも》は嫌ですよ」

どうやらAIちゃんはこの式神が気に入ったらしい。

「わかった。たいした霊力は使わんし、問題ない」

式神は高度な術だが、霊力自体はさほど使わないため、みなが重宝しているのだ。

「お願いします。では、参りましょう」

俺たちは妖気と魔力とやらを感じる方向に歩き出した。

そして、そのまま歩いていくと、視界が開けてくる。

しかし、そこは崖であった。

「下ですね」

AIちゃんが言うように崖の下は道になっており、そこで全身を覆う金属鎧《よろい》を着た兵士らしき者たちが槍《やり》を持って、十以上はいる二足歩行の猪《いのしし》と戦っていた。

「なんだあれ？」

「あれはオークです。知能は低いですが、怪力を誇る豚の魔物です」

へー……。

　こうやって見ると、本当に異世界だな。

「厳しそうだな……」

　兵士は善戦しているようだが、馬車と思わしきものを守りながら戦っているため、旗色が悪い。

「オークはDランクの魔物になります」

「ランクって？」

「強さを表したものです。A、B、C、D、E、Fというのがあるんです。これも後で説明いたしましょう。とにかく、先程のゴブリンより数段格上の魔物ということです。しかし、変ですね。こんな所にオークがあんなにいるなんて……」

　オークとやらの生態を知らんからよくわからんが、たしかにゴブリンより上だな。妖気自体はそこまでだが、単純に身体が大きいし、力も強そうだ。

　いくら全身金属鎧でも厳しいだろう。

「さて、どうするか……」

　悩むな……。

「助けないんです？　マスターでも厳しいのでしょうか？」

「馬鹿言え。あんなもん、どれだけの数がいようが、俺の敵ではないわ。問題はあの馬車だ。どう見ても高級そうだ。貴族か王族か……」

「だと思います。恩でも売ります？」

うーん……。

「こっちの世界のことは知らないが、そういうのって面倒ではないか？」

「さすがはマスター。御明察です。どこの世界も貴族や王族はうるさいものです」

「嫌味か？」

俺の家は王族の一族の貴族だ。

名家中の名家であり、国では五指に入る大貴族だ。

「ご自分でおっしゃったんじゃないですか……」

「まあな。自分だって庶民にどう思われているかはわかっている」

「いえいえ。如月《きさらぎ》の家はそんな庶民を妖から守ってきた陰陽師の家系ではないですか」

慰めかね？

そんなもんはいらないが……。

「まあ、俺の家はいい。問題はあれを助けて面倒なことにならないか、だ」

「なるかもしれません。仕官を強要されたり、変に怪しまれるかもしれませんね」

どっちもごめんだな。

「とはいえ、見捨てるのはどうかと思うな。よし！　オークとやらの実力を見たいし、助けてやろう」

「どうするんです？」

「せっかくだし、大蜘蛛ちゃんを嫌っているお前に大蜘蛛ちゃんの素晴らしさを教えてやろう」

俺はそう言うと、懐から札を取り出し、霊力を込める。

そして、その護符を崖の下に投げた。

SIDE アナ

「アナ、戦況どうですか？」

姫様が心配そうな顔で聞いてくる。

「問題ありませんのでご安心を」

嘘《うそ》だ。

戦況は悪い。

本来なら姫様を守る精鋭がオーク程度には後れを取ることはない。

だが、道中、魔物の数が明らかに多かった。

そのため、ロクに寝てもいなければ、休んでもいない今の兵士たちには厳しいだろう。

「アナ、こちらは大丈夫ですから援護に行ってください」

私は姫様の侍女であり、護衛だ。

だからここを外したくない。

私はチラッとオークと戦う兵士たちを見る。

いや、これ以上は無理だ。

兵士たちは疲弊しているし、なによりも武器の剣や槍が限界を迎えている。

「姫様、少し外します」

私は馬車から離れると、前に出た。

「エアカッター!!」

手をオークに向け、魔法を放つ。

すると、風の刃がオークを切り裂いた。

「アナ殿!? 何をしておられる!? 貴殿は姫様をお守りせよ!」

兵をまとめる隊長が私に向かって怒鳴る。

「その姫様の命です! あなたたちがふがいないため、私が出たのです! それでも姫様の親衛隊ですか! 私が魔法で援護するのでさっさと片付けなさい!」

「承知! 総員、気力を振り絞り、一掃せよ!!」

「「「はっ!」」」

隊長の檄《げき》で息を吹き返した親衛隊の兵士たちは徐々にオークを押し返していく。

私もまた、魔法で援護をするが、正直、厳しい。

兵は本当に気力を振り絞っているのだ。

オークの数も多いし、オークは耐久力が高いため、時間がかかってしまう。

そして、時間が経てば経つほど体力的にこちらが不利になる。

いや、それどころか全滅も十分にありうる。

この状況で私がとらないといけない行動は……。

「アナ殿、姫様を連れて逃げられよ」

私が悩んでいると、隊長が進言してくる。

「何を言う!?」

「我らの使命は姫様を確実に守ることだ。我らが殿となり食い止めるから、アナ殿は姫様を連れて逃げられよ」

「し、しかし、それは……！」

兵士たちの全滅を意味する。

「それが使命だ」

覚悟はしていたし、私だって姫様のために命を捨てる覚悟はある。

だが……。

「…………」

「アナ、すまない」

隊長が……カールが……私の婚約者が頭を下げた。

この任務が終わったら結婚するはずだった婚約者が頭を下げた。

それの意味することはわかりきっている。

「ッ！　馬車を出しな、さ……い……」

私は使命を優先し、御者に指示を出そうと思って声を荒げたのだが、途中で止まってしまった。

それどころか兵士たちもオークどもも動きが止まった。

何故なら突如として、目の前に数十メートルはある巨大な蜘蛛《くも》が現れたからだ。

その蜘蛛は禍々しく黒く、じっと動かない。

蜘蛛だけでなく、オークも私たちも動けない。

その蜘蛛は恐ろしいほどの魔力を秘めた怪物そのものだったからである。

私が背中から冷汗と共に異常な緊張感を覚えていると、大蜘蛛がゆっくりと脚の一つを上げる。

すると、次の瞬間、その腕がものすごいスピードで一匹のオークを突き刺した。

そして、突き刺したオークを顔に持っていくと、オークを食いちぎる。

オークは悲鳴も上げることができずにバラバラとなり、地面に転がった。
バ、バケモノ……！
あれは最低でもBランク以上の怪物だ……。

私たちでどうにかなる相手ではないし、逃げることも叶わない。

そういった類の魔物だ。

「アナ、動くな……！」

「わかってます」

動いたら殺される。

あれには私の魔法でもどうしようもないとわかるほどの威圧感がある。

しかし、そんなこともわからないほど知能の低いオークたちは仲間が殺されたことで逆上し、大蜘蛛に突撃していく。

オークたちはその丸太のような腕で蜘蛛の脚を攻撃するが、まるでビクともしない。

大蜘蛛はじっと動かずにオークの攻撃を受けていたが、ゆっくりと脚を上げると、脚を振り下ろし、その鋭い爪で一体のオークを突き刺した。

そうやって、一体一体仕留めていくと、オークの数も減っていき、ついには二体を残すのみとなった。

さすがに無理だと判断したのか、二体のオークはその場から逃げ出す。

しかし、大蜘蛛はゆっくりと振り向き、逃げたオークの方を向くと、突如、糸が飛び出し、逃げた二体のオークを捕捉した。

そして、糸に絡まれて動けなくなったオークのもとにゆっくりと近づくと、二体のオークを踏み殺す。

これでオークは全滅し、残されたのは私たちだけになった。

私は冷静さを取り戻し、なんとか震える腕を上げ、大蜘蛛に向かって手をかかげる。

しかし、直後、カールが私の腕を掴《つか》み、首を振りながらゆっくりと下ろした。

「何もするな」

「…………はい」

どうやら私は冷静さを取り戻してはいなかったらしい。

どう考えても勝てるわけない。

私たちができることは見逃してもらうことを祈るだけだ。

私がそう思っていると、大蜘蛛がゆっくりと私たちから離れるように歩いていき、すぐに煙のように消えてしまった。

直後、私もカールもほかの兵士たちもその場で崩れるように腰を下ろす。

「……あれはなんだったのでしょうか？」

私は消えた大蜘蛛がいた方向を見ながらカールに聞く。

「わからん。だが、あれはとんでもないバケモノだった。道中で魔物を多く見た原因かもしれん」

ありえる。

あんなのがいたのではさすがに魔物も普通の行動はしないだろう。

森から逃げて、街道に現れた可能性が高い。

「このことをすぐに陛下に報告しなくては」

「そうだな。しかし、少し休もう。兵士たちは限界だ」

何を悠長なことを……と言いかけて、自分の下半身がまったく動かないことに気がついた。

「カール、すみませんが、肩を貸してください。腰が抜けたようです」

情けない。

男のくせに情けない……とは言えない。

「悪いが、それは無理だ。俺も動けない」

それほどに恐ろしいバケモノだったのだ。

あれに見逃してもらったのは人生で二番目の幸運だろう。

「少し休みましょう。周囲に魔物の気配はありません」

私は人生で一番目の幸運をくれた婚約者に提案した。

第二章　――　二人の少女

「あの程度か……大蜘蛛《ぐも》ちゃんの相手にすらならんかったな……」

俺は大蜘蛛ちゃんを消すと、戦闘が終わった崖の下を見下ろしながらつぶやいた。

「いや！　いやいやいやいや！　何ですかあれ!?　バケモノにも程があるでしょう！」

ＡＩちゃんが必死に首を振りながら言う。

「まあ、弱かったら式神として使えんからな。だが、それにしても弱い魔物だったな」

「いや、まあ……Ｄランクですからね。でも、あれほどの数を瞬殺とは恐ろしいです」

雑魚がいくら集まろうが変わらんわ。

「言っておくが、式神の力的にはお前の半分もないぞ」

「え？　マジです？」

「それは母上の趣味の……いや、これはいい。とにかく、それは母上から教わった式神だから母上に準拠した能力を持っている。大妖狐《ようこ》の力は大蜘蛛とは比較にならん」

「わ、私にそんな秘めたる力が……」

ＡＩちゃんが驚愕《きょうがく》しながら自分の両手を見る。

その姿は可愛らしくて非常に微笑ましい。

うーん、使いこなせなそうだ……。

とはいえ、学習機能があるのだからどうとでもなるだろう。

「とにかく、この世界の兵の力も魔物の強さもだいたいわかった」

「どうでした？」

「兵はそこそこだな。あんな重そうな鎧《よろい》のせいで動きが鈍くなっているのはバカかと思ったが、練度も士気も高そうだった。それにあのひらひらした服を着た女は強いな。魔法とやらも見たが、殺傷能力も速度も一流と言っていい」

あの馬車に乗っているのが王族か貴族かはわからんが、上流階級だろう。

そんなお偉いさんを守る護衛といった感じだな。

「あれは侍女ですね。メイド服と言います」

ふーん……。

「護衛を兼ねた侍女ってところか……そう考えると、あの馬車に乗っているのは貴婦人かスケベジジイだな」

「どうですかねー？　オークはどうでした？」

「俺の相手ではないが、一般人には厳しいだろうな。要は積極的に人を襲ってくる猪や熊みたいなものだろう？　十分に脅威だ」

あいつらもあんな重そうな鎧を脱げば、もっと楽に戦えただろうに。

どうせあの力の前では鎧など意味がない。

「この世界はそういう魔物が練り歩いている世界なのです」

「危険な世界だな……」

「いや、あの化け蜘蛛を見る限り、マスターがいた世界の方が怖い気がします」

どうかねー？

まあ、比べるものでもないか。

「とにかく、ああいうのを狩る職業もありそうだな」

「ありますね。傭兵《ようへい》や冒険者、ほかにも兵士に仕官するのもありです」

仕官はないな。

俺が仕えるのは自分の国の陛下であり、将軍様である。

というか、宮仕えはめんどくさいし、一兵卒は嫌だ。

二度目の人生は楽に生きたい。

「その辺は町に行ってから考えるか」

「そうしましょう。では、案内を再開します」

「そうだな……」

俺は最後に座り込んでいる侍女をじーっと見た。

「お好きですねー……」

ＡＩちゃんがジト目で見てくる。

「勘違いをするな。あれだけの魔法を使えるのに探知能力は低いなと思っていただけだ」

そこまで距離が離れているわけではないのにこちらに気づくそぶりがない。

「得意不得意があるのでしょう。きれいな方ですね」

「まあな。それとあの服が気になる。俺たちと随分違わないか？」

「あー、私たちは和服ですもんね。目立つかもしれません」

うーん、それも町に行ってから考えるか。

「まあいい。行くぞ」

「はい。こちらになります」

俺とＡＩちゃんはこの場を離れ、元の場所まで戻ると、再び、森の中を進んでいった。

しばらく歩いていると、周囲が暗くなり始めたため、焚火《たきび》を起こし、腰を下ろす。

「野宿か……」

「仕方がないです。野宿がお嫌なら、先程名乗り出れば良かったんですよ」

それはない。

「野宿の経験がないわけではないし、野宿でいい。町はここからどれくらいだ？」

俺は先程捕まえた蛇をその辺に落ちていた枝で突き刺し、焚火で炙りながら聞く。

「明日には森を出ます。そこからは歩きですと数日はかかるか思います」

　結構、距離があるな……。

「転生だがなんだか知らんが、町中で生まれ変わりたかったわ」

　生まれ変わったたって言うのかは怪しいけど。

「普通は別の人に生まれ変わると思うんですけどねー。もしかしたら転生ではなく、転移かもしれません」

「俺もそっちの方な気がするな」

　生き返って若返って、異世界に転移した……こっちの方がしっくりくる。

「うーん、そういうこともあるんですかねー？」

「知らん。それに転生にしろ、転移にしろ、俺にはわからない話だし、どっちでもいい」

「それもそうですね……ところでマスター、それ食べるんです？」

　ＡＩちゃんがちょっと嫌そうな顔で炙っている蛇を指差す。

「お前は食べなくてもいいだろうが、俺は食べないと死ぬ」

「いや、蛇ですよ、それ？」

「蛇は小骨が多いが、美味いんだぞ。それに霊力も回復するから良いこと尽くしだ」

　精力も増強する。

　いらんが。

「毒とかありますって」

「あっても問題ない。俺は小さい頃から訓練を積んでいるから耐性がある。それに毒は美味いんだぞ」

フグとか蜂とかも美味い。

「ワイルドですねー。さすがは狐の大妖怪のお子さんです」

ワイルド？

「あ、そうだ。お前、言葉を教えろ。たまによくわからない言葉を使うだろ」

「そういえば、そうでしたね。では、マスターに言語や単位などをインストールしましょう」

いんすとーる？

「なんだそれ？」

「まずなんですが、このままでは現地の人に会っても言葉が通じません」

あー、異国どころか異世界だもんな。

通じるわけがない。

「確かにな……」

「私が翻訳をしてもいいですが、不便でしょう？　ですので、マスターの脳に叩き込みます」

叩き込むって……。

「それは大丈夫なのか？」

「問題ありません。ですが、起きている時にやると、マスターの脳が大変混乱しますので寝ている時にしておきます。そういうわけでその蛇を食べ終えたらお休みください。見張りは私がしておきますので」

ふーん、まあ、便利だな。

勉強とかしたくないし、任せるか。

「じゃあ、頼むわ」

俺はもういいだろうと思い、蛇にかぶりつく。

「まだ焼けていないのでは？」

「半生くらいが美味いんだよ」

「小骨は？」

「いい感じの歯ごたえだな」

うん、美味い。

「狐さんですねー……」

「お前の方が狐だろ。尻尾を出せ。枕にする」

母上に似ているんだから多分、出せるだろ。

「出し方がわかりませーん。教えてください」

「俺が知るわけないだろ。俺はあの化け狐とは違って、普通の人間なんだから」

「あんなバケモノを簡単に出しておいて、普通？　普通ってなんですかね？」

知らない。

俺は自分という物差ししか持っていないのだ。


翌朝、目を覚ますと、やけに頭が重かった。

「なんだこれ……」

上半身を起こし、頭を抱える。

「おはようございます、マスター。ご気分はいかがですか？」

ＡＩちゃんが身を屈め、心配そうな顔で覗《のぞ》き込んできた。

「頭が不調だ……」

晩年を思い出す頭の重さを感じる。

「結構な情報量をインストールしましたからね。それにマスターの記憶が断片的だったこともありまして、かなり難儀しました」

ふーん……。

しかし、昨日とは違い、インストールの意味がわかるようになっているな。

「これで現地の者と話せるようになったわけだな？」

「はい。ほかの情報もインストールしようかと思っていたのですが、これ以上はマスターへの負担が大と判断し、やめました」

大だな。

もしかしたら俺の頭の容量はそれほど残っていないのかもしれない。

断片的とはいえ、九十九歳までの情報が入っているわけだし。

「それでいい。わからないことはお前に聞けばいいし、必ずしもすべての情報を共有する必要はない」

「はい。私もそのように判断をしました。私自身がマスターの術をインストールしなかった理由も私が覚えても意味がないと判断したからです。私の主な機能は補助ですが、戦闘経験の豊富なマスターの補助にはならないと判断したのです」

戦闘中に脳内でいろいろ言われても鬱陶《うっとう》しいだけだしな。

「それでいい。とはいえ、簡単なものは覚えておけ。一応、弟子の設定だし、敵の数が多い場合は一人でやるのは面倒だ」

「承知しました。昨日、マスターが見せてくれた術はインストール済みです」

ＡＩちゃんはそう言うと、指を天に向けた。

すると、ＡＩちゃんの指から小さな金色の火が現れる。

「狐火か」

「はい。ただ、式神は無理でした」

ＡＩちゃんがそう言って、白紙の護符を返してくる。

どうやら寝ている間に懐から取ったらしい。

「式神が式神を作り出すのは無理なのかもな」

そんな話は聞いたこともなければ、やってみようと思ったこともないのでわからない。

「そのようですね。私はマスターとリンクしているので術は簡単に学べます。ですが、狐火はすぐにできるようになりましたが、式神はどうやっても無理でした」

「まあ、別に良いだろう。とりあえずは狐火が出せるようになればいい。その焚火も狐火で火を点けたのか？」

昨日、寝る前に消した焚火には火が点いていた。

しかも、蛇を刺した串が二本ほど地面に刺さり、炙られている。

「はい。やってみたくなりまして」

「その蛇は？」

「今朝、捕まえました。マスターの朝御飯です」

べつにいいけど、また蛇か……。

「二匹も食えと？」

「いえ、意外と美味しそうでしたので食べてみようと思いまして」

だろうな。

「べつに構わんが、お前は食べなくても問題ないぞ。俺の霊力で動いているわけだし」

「いいじゃないですか。気分です、気分」

気分屋な人工知能なんだな。

「まあいい。食うか。食ってさっさと森を出よう。上手くいけば、馬車に遭遇し、乗せてもらえるかもしれん」

「それもそうですね」

俺たちは朝食の蛇を食べると、すぐに出発する。

そして、昨日と同様に森の中を歩いていくと、徐々に木が少なくなり始め、昼前には森を出た。

とはいえ、出たのは左右を森に挟まれた道である。

「この道をどちらかに進めば町に着くわけだな？」

「はい。この道は西のエイルの町と東のセリアの町を繋《つな》ぐ街道になります」

「どっちがいい？」

「エイルは商業の町で発展はしているのですが、大きさはそこそこです。一方でセリアは王都に近く、大きな町ですのでこちらの方が良いかと」

まあ、大きい方がいいか。

「では、東に行こう。どっちだ？」

「こちらになります」

ＡＩちゃんがそう言って右の道を進んでいったので俺も続く。

「何にしてもまずは金だな。一銭も持っていない」

「そうですね。よく考えたら馬車に遭遇しても乗せてもらえないかもしれません」

金がいるか……。

最悪は歩きだな。

「まあ、数日くらいなら我慢しよう」

「良い人に遭遇することを祈りましょう」

「そうだなー……」

俺はまったく期待せずに歩き続ける。

そして、しばらく歩いていると、前方に何かが見えてきた。

ただ、遠くてよくわからない。

「何だあれ？」

「さあ？　マスターの力でわかりませんか？」

「鳥の式神を出して、見てくるか……」

俺はそう言うと、霊力を込めた護符を宙に投げた。

すると、護符がカラスに変わり、俺たちの頭上を旋回しだす。

「わあ！　かわいいです！」

カラスってかわいいかな？

あまり良いイメージもないんだけどな……。

俺は嬉《うれ》しそうに笑うＡＩちゃんの頭を撫《な》でる。

「なんです？」

「お前はかわいいな。これがあんな化け狐に成長すると思うと悲しい……」

「いや、式神は成長しないでしょ。というか、完全におじいちゃんですね」

「俺、二十歳だから」

「じゃあ、ロリコンさんです？」

七十歳で二十歳を娶《めと》った手前、何も言えねー。

いや、その記憶はないんだけどさ。

「まあいいや。ちょっと見てくる」

俺はカラスと目を繋げると、カラスを前方に飛ばした。

俺の片目には上空から地面を見下ろすカラスの視界が広がっている。

「おー、すごいですねー」

「ん？」

ＡＩちゃんが言うように剣を持った男たちと杖を持った二人の女が馬車の前で対峙していた。

「良いかもしれませんねー……おや？　人同士の敵対のようですね」

「お前もカラスに憑依《ひょうい》したら飛べるぞ」

そんなこともできるのか……。

「私もリンクしてみました」

「問題ばっかりの世界だなー……」

カラスと視界をリンクした俺は上空から見下ろしながらつぶやく。

「魔物が多いですし、治安も良くないんでしょうね。たぶん、盗賊でしょう」

もちろん、盗賊は男たちの方だろう。

女の方は馬車を守るように立っているし、どちらが襲っている側かは明白だ。

「盗賊ねー……兵士は何をしているんだか」

「魔物もいますし、難しいんでしょうね。いかがなさいますか？」

「女子供は助ける。そして、助けた恩で馬車に乗せてもらおう」

「さすがです」

どういう意味のさすがかな？

「では、大蜘蛛ちゃんの出番かな？」

俺は懐から護符を取り出す。

「マスター、大蜘蛛ちゃんはやめたほうが良いと思います。たぶん、助けられた側も怖がるでしょうし、良い印象を与えません」

それもそうだな。

昨日の兵士たちも大蜘蛛ちゃんにビビりまくってたし。

「俺が行くか」

「人間ですけど、大丈夫です？」

「餓鬼《がき》道に落ちた者は妖《あやかし》と変わらん。俺は寺の坊主でもないし、神職でもない。祓う者だ」

「マスター、かっこいい！」

そうかね？

かわいい子だわ。

「よし、なるべく恩を売るためにも犠牲者が出る前に向かおう」

「はいさ！」

俺は前方に歩き出すと同時に式神のカラスに男を攻撃するように命じた。

すると、上空を滑空していたカラスが盗賊の一人に突撃する。

「ん？　烏……って、うおっ！」

盗賊の一人がカラスの突進を慌てて躱《かわ》した。

どうでもいいが、ちゃんと言葉を理解できるな。

言語のインストールは上手くいっているようだ。

「なんだ？」

「どうした？」

「ん？　鳥か？」

ほかの盗賊どももカラスに注目しだす。

そして、カラスが再度、突進した。

「クソッ！　なんだこのクソ鳥！」

襲われた盗賊は突進してくるカラスに向かって剣を振るが、カラスはそんな剣には当たらない。

カラスは再度、上空に上がると、またもや突進をする。

だが、盗賊もバカではないので簡単に避けた。

「もしかして、カラスちゃんって弱いんです？」

カラスちゃんと盗賊の攻防を見ているＡＩちゃんが聞いてくる。

「普通のカラスと変わらん。あれは偵察用なんだよ」

偵察用の式神に戦闘能力は期待していない。

あれはただの時間稼ぎに過ぎないのだ。

その証拠に戦闘が起きる前に俺たちは盗賊の近くまでやってきた。

俺が上空で飛び回っているカラスに戻るように命じると、カラスが滑空しながら降りてきた。

そして、カラスはゆっくりと羽ばたきながら降り、ＡＩちゃんの肩にとまる。

すると、上空にいたカラスを見上げていた盗賊の男たちも女たちもカラスを目で追っていたため、全員の視線が俺とＡＩちゃんに集まった。

「ウチのカラスちゃんがご迷惑をおかけしませんでした？」

一応、聞いてみる。

「テメーの鳥か！」

「死にたいのかっ!?」

「ばいしょーきんだ！　身ぐるみを置いていけ！」

知能の低そうなやつらだなー……。

「すまんが、一文無しなんだ。むしろ、何かを恵んでくれ」

頼むよ。

「ふざけるな！」

「高そうな服を着てるじゃねーか！」

「そんな身なりの子供を連れて、金がないわけないだろ！」

なるほど。

たしかにそうだ。

「いいだろう？　これは国一番の呉服屋に作らせたんだ」

上等な絹らしいぞ。

「真っ黒でわかんねーよ！　奇妙な服を着やがって！　外国の者か!?」

「どっちみち、金持ちだろう。殺して奪おう」

「はっ！　こんなところにのこのこ現れるなんてツイてないな、坊主」

坊主？

俺のことか？

剃髪《ていはつ》はしていないんだが……。

あ、いや、子供っていう意味か。

「野盗はどこの世界も変わらんなー」

「マスターの言うところの餓鬼道に落ちた者は誰も同じようなものでしょう」

いや、まったくもってそのとおり。

「何を言ってやがる！　死ねっ！」

一人の男が剣を振り上げ、突っ込んできた。

「我が弟子よ。もう一つ、術を教えてやろう。これがかまいたちだ」

俺は霊力を手に込め、指を向けると、直後、見えない刃が盗賊の男を襲った。

すると、男は足を止め、自分の身体をさする。

「あれ？　あ、れ……？」

男の上半身が斜めにずれ、地に伏した。

地面は胴体が分かれた死体で真っ赤に染まる。

「マスター、やっぱり威力が高いですって。もうちょっと緩めの術はないんですか？」

「緩めねー……」

俺が相手をしてきたのは妖だし、手加減なんてしない。

「て、てめー！」

「やっちまえ！」

仲間を殺されたほかの盗賊たちが一斉に襲ってくる。

俺は術は控えようと思い、違う方法を取ることにした。

「術しか能がない陰陽師だと思うなよ」

そう言いながら懐に手を入れると、護符の束を取り出し、霊力を込める。

すると、護符の束が動き出し、護符でできた二尺……六十センチ程度の剣ができた。

それと同時に先頭の男が斬りかかってきたため、護符の剣で受ける。

「なっ!?　紙だろ!?」

護符の剣で簡単に受け止められた男が驚愕した。

「紙は動かんし、勝手に剣にはならん。しかし、安物の剣だな……」

俺はそのまま力を込め、相手の剣ごと男を斬る。

「――がっ！」

斬られた男はそのまま地に伏した。

「死ねっ！」

「くたばれっ！」

残りの男たちが一斉に斬りかかって来るが、どいつもこいつも遅く、剣の振りもなっていないため、簡単に躱せた。

俺は残りの盗賊たちも切り伏せると、護符の剣をただの護符に戻した。

「昨日の兵士と比べると随分と練度が低いな……あれ？」

ＡＩちゃんがいないぞ。

「マスター……」

ＡＩちゃんの声がしたので見上げると、ＡＩちゃんはカラスちゃんに持ち上げられ、上空に避難していた。

「カラスちゃん、意外と力持ちだな」

「私が軽いんですよー。羽のような軽さです。ね？」

ＡＩちゃんがカラスちゃんを見上げる。

「カー……」

いや、カラスちゃん、めっちゃ羽ばたいているし、いっぱいいっぱいだぞ。

ＡＩちゃんが降りてきたのでカラスを消すと、二人の女を見る。

二人はいまだに警戒をしているようで持っている杖を抱くように構えていた。

「杖？」

そんなもんで何ができる？

「魔法の杖と考えてください。法師様が持っている錫杖《しゃくじょう》のようなものです」

なるほど。

魔法の補助道具か。

まあいい。

問題はこの女二人だな。

馬車に乗せてもらうためには友好的にはいかなくてはいけない。

「やあ、君たち、ケガはなかったかい？」

「ぷっ……」

ＡＩちゃんが噴き出した。

「なんだ？」

「いや、誰かなーっと思って。もしかして、それがマスターの女性の落とし方ですか？」

やめよ……。

「お前は黙ってろ。で？　ケガは？」

俺は二人の女を見る。

一人は茶色の髪をした少女で俺より頭一つ分小さい。

白い服を着ており、見た感じ、そこまで強そうではない。

もう一人の女は黒髪の少女のようで茶髪の少女よりもさらに頭一つ分小さい。

さすがにＡＩちゃんほど小さくないが、子供に見えてしまう。

眠そうな半目だが、顔は幼く、これまた強そうではない。

「あ、はい。ケガはないです」

「………私もない」

小さい方は声も小さいなー……。

「一応、聞くが、こいつらはお仲間さんだったか？」

チラッと地に伏している盗賊どもを見た。

「いえ、こいつらは賊です。私たちはセリアの町の冒険者なんです」

茶髪の少女が一歩前に出てきて、説明する。

「冒険者？　そういえば、ＡＩちゃんが昨日もそんなことをチラッと言っていたな」

軽く流したが、知らん。

冒険をする者か？

「マスター、冒険者は魔物を倒したり、採取の仕事をするフリーランスの何でも屋のことです。この世界は魔物が多いですし、そういう職業が多いんですよ」

なるほどね。

しかし、こんな少女がやる仕事か？

まあ、陰陽師にも女はいるんだけど。

「えっと、冒険者をご存じないんですか？　格好から見ても外国の方でしょうか？」

俺たちの会話を聞いていた茶髪の少女が聞いてくる。

さて、どうするかね？

素直に話すか、適当に誤魔化すか……。

『マスター、素直に話す方がよろしいかと思います』

俺がどうするか悩んでいると、脳内にＡＩちゃんの声が聞こえてきた。

『その状態でも脳内会話はできるのか？』

『もちろん可能です。私たちは繋がっていますので』

便利だな。

『わかった。それで素直に話した方が良いとは？』

『私のセンサーによると、この二人に敵性反応はありません。多少、警戒はしていますが、悪意は感じ取れません』

そんなことまでわかるのか。

三十メートル以内じゃないと無理と言われた時はちょっぴし役に立たないなと思ったが、十分すぎる。

『素直に頼った方が良いか？』

『お金もありませんし、知らない土地に行くのです。この者たちは私たちの目的地であるセリアの町の者でしょう。縁は大事です。もしかしたら奥さんになるかもしれませんよ？』

いや、奥さんはどうでもいい。

「すまんが、外国の者というか、そもそもこの世界の者ではない」

「え？　あ、はい」

「…………ずっと沈黙していたと思ったら急に変なことを言い出した」

黒髪の少女がボソッとつぶやく。

「変ですまんな。実を言うと、俺は転生者？　転生者でいいのかはわからんが、昨日、この世界にやってきたんだ」

「えっと、その割には随分と成長しているようですけど……」

まあ、二十歳だしな。

「その辺はわからん。とはいえ、俺はたしかに昨日、元の世界で死んだ。享年九十九歳だった」

「え!?」

「……………おじいちゃん」

おじいちゃんだよ。

「そういうわけで右も左もわからないんだ。このＡＩちゃんだけが頼りだった」

俺はそう言いながらＡＩちゃんの頭を撫でる。

「その子は？」

「俺のスキルの人工知能だ。今は俺の式神に乗り移っている」

「えーっと……すみません。まったくわかりません」

わからない者同士だな。

「式神というのは従魔みたいなものです。そう認識してください。先ほどの鳥のカラスちゃんもそれと同じです」

ＡＩちゃんが代わりに説明する。

「なるほど……異世界の魔法でしょうか？　それとも転生者のスキル？」

「人工知能である私がマスターのスキルです。右も左もわからないマスターの補助スキルですね。式神はマスターの世界の魔法です」

「な、なるほど……すごいんですね」

何がすごくて、何がすごくないのかすらわからん。

たぶん、こいつらもわかっていない。

「それで冒険者だったか？　お前らは何をしていたんだ？　何かの仕事か？」

俺は話を元に戻した。

「あっ……私たちはそのー……」

茶髪の少女が気まずそうな顔になる。

「ん？　どうした？　言えないような仕事か？」

「…………私たちの仕事は盗賊狩り。獲物を奪われた」

黒髪の少女が俺が殺した盗賊たちを指差した。

「あー……それはすまん」

どうやら横取りをしてしまったらしい。

「い、いえ！　いいんです！　助けてもらったわけですし！」

「…………助けなんて求めてない」

「アリス！」

どうやらこの黒髪はアリスという名らしい。

変な名前だ。

「本当にすまん。盗賊に襲われている女性に見えたんだ。しかし、なんで女性二人で？」

めっちゃ弱そうなのに。

「………そういう囮作戦。盗賊だって強そうなのを襲わないでしょ」

そりゃそうだ。

こいつらは弱そうに見えるが、この盗賊どもを倒せるくらいの力はあるのだろう。

正直、貧弱な腕だし、華奢《きゃしゃ》な身体にしか見えないが、おそらく、優秀な魔法を使えるのだと予想できる。

「なるほどな。いや、本当に申し訳ない」

「いえ！　救ってくださったわけですし、それに賊の方からあなたを襲って、返り討ちにしたわけですから仕方がないです」

カラスをけしかけたんだけどな。

「………ナタリア、問題はそこ。今回のことは当然仕事だから収入が出る。それは誰の物？」

茶髪の少女はナタリアらしい。

「そ、それは……」

揉《も》めるっぽいな……。

盗賊討伐の成功報酬で揉めそうな雰囲気が漂っている。

『ＡＩちゃん、どう思う？』

『ようやく私の仕事ができそうです。今回のケースの揉め事となる原因を解説します。まず、今回の仕事は冒険者ギルドと呼ばれる仲介組織がおそらくですが、町の領主などの権力者から依頼を受け、ギルドがその仕事をこの二人に紹介し、この二人はそれを受注したのだと思われます』

冒険者ギルドなる組織があるわけだな。

まあ、たしかに直接依頼人と話すと揉め事が多そうだし、専用の仲介組織を置くのは正解だろう。

『それで？』

『この場合、依頼料を受け取る権利があるのは当然、この二人です。これがこの二人の主張。ですが、実際にはこの二人は何もしておらず、マスターがすべて討伐しました。よって、マスターにも依頼料を受け取るという主張が認められてもいいわけです』

『つまり俺が主張したら揉めるわけだ』

『そういうことです』

なるほどねー。

受注してない時点で論外だと思うが、その場合、討伐をしていないこの二人が報酬を受け取るのはおかしいことにもなる。

このままともにギルドとやらに報告すると、誰も報酬を受け取れない可能性もあるわけだ。

『どう思う？』

『主張すれば、半分以上の成功報酬を獲得できます。ですが、その場合、この二人との縁は切れるでしょう』

『縁は大事か？』

『優しそうな子たちではないですか。たかがあの程度の賊を討伐する依頼料を取るか、かわいらしくて私たちが行く町に詳しい女性との友誼《ゆうぎ》を取るかです』

考慮にも値しないな。

たしかに今は無一文だから金が欲しい。

だが、この程度の賊狩りならたいした金にはならないだろうし、それよりも大事な情報や手助けをしてくれる者との縁を取るべきだろう。

「いや、この賊の成功報酬はお前たちが受け取るべきだろう」

俺は長いＡＩちゃんとの作戦会議を終えると、口を開いた。

「そ、それは良くないです！　せめて、半分は受け取るべきです」

「………………四分の一くらいなら」

すでに二人が揉めてるし。

「いや、人の物を奪うのは如月の名に傷が付く。ここは譲ろうではないか。その代わりと言ってはなんだが、町まで送ってくれんか？　ついでに食料をわけてほしい。あと、町を案内してくれ。さっきも言ったが、俺は昨日、この世界に来たばかりで何もわからないし、金も食べ物もないのだ」

「ちょ、ちょっと待ってくださいね！　アリス」

「………うん」

ナタリアとアリスは俺たちから離れると、馬車の裏に回った。

二人が離れると、俺は耳に霊力を込め、聴力を上げる。

「どうする？」

ナタリアがアリスに聞いた。

普通なら聞こえない声量だが、俺には聞こえている。

「………受けるべきでしょ」

「あなたもそう思う？　私は助けてあげるべきだと思うけど、あなたはなんで？」

ナタリアは優しいな。

「………まずだけど、あの……名前を聞いてなかったね。とにかく、あの男はヤバい。エアカッターに似た魔法を使っていたけど、威力もスピードも私のエアカッターよりもはるかにすごかった。間違いなく、私たちより格上の魔法使いだし、剣の腕もすごかった。

それでいて、ギフト持ちの転生者。揉めて戦闘になったらまず勝てない」

「揉めるかな？　優しそうな人だったけど」

うんうん。

「…………あの人の身なりや言葉遣い、それに如月の名がどうたらこうたら言ってたでしょ？　間違いなく、前の世界では上流階級の人間だと思う。だから優しい。でも、そういう人たちは逆らう人に容赦しない」

いや、するよ。

暴君じゃねーぞ。

「そういえば、偉そうな言葉遣いだったね」

え？　そうかな？

うーん、言葉遣いも気をつけるか。

「…………とにかく、揉めるのも機嫌を損ねるのも悪手だよ。ここは素直に向こうの提案を受けるべき。食料だって余分はあるし、町を案内するのだってたいしたことじゃない。強そうな護衛ができたと思おう」

「なんか話を聞いてると、逆に私が心配になってきたんだけど、大丈夫かな？　襲われない？」

襲わねーよ。

「………その時は抵抗しちゃダメだよ。素直に抱かれて責任を取ってもらおう」

あいつは何を言ってるんだ？

「それはどうかと思うけど、わかったわ。困った人を放っておけないし、町まで送りましょう。たぶん、女の子を連れているし、大丈夫でしょ」

「………実はそれが気になっていたんだけど、なんで女の子が従魔なの？」

「知らない。後で聞いてみれば？」

「…………そうする」

二人は話し合いを終えたようでこちらに戻ってくる。

「コホン。お待たせしました。えーっと、名前はなんだっけ？」

戻ってきたナタリアがわざとらしい咳《せき》をすると、名前を聞いてくる。

「俺は如月悠真だ」

「えっと……」

「ユウマでよい」

ナタリアとアリスの名前を聞いた時から名前が微妙に合ってない気はした。

「ユウマね」

「おー、この人、すごいですね。如月家三十四代目当主であり、偉大なる妖狐であらせられる金狐様のご子息であるマスターを呼び捨てです」

いや、妖狐の子って言うなって言ったのはお前だろ。

「ユ、ユウマ様、ですね」

ナタリアが汗を流しながら訂正する。

「呼び捨てでいい。下手に敬語を使われても粗《あら》が目立つだけだし、転生した今はそんなことどうでもいいわ」

俺は文字どおり、生まれ変わったのだ。

「う、うん。私はナタリア。よろしく」

「………私はアリス。よろしく」

二人がちょっとだけ頭を下げてくる。

「ああ、よろしく。ついでに紹介するが、こいつはＡＩちゃんだ。俺の弟子という設定だからそのつもりで」

「よろしくです」

ＡＩちゃんは胸を張って挨拶をする。

「よろしくねー」

「………よろしく。ねえねえ、なんで少女が従魔なの？」

早速、アリスが聞いてきた。

「式神はいろいろな形がある。そいつはそれの一つだ。あまり使っていないやつだが、Ａ

Iちゃんが気に入っただけだな」

「………幼女が好きなの？」

そんなわけないだろ。

「間違ってはいませんね、お孫さんにデレデレのおじいちゃんでしたから。マスターにはその時の記憶がないのですが、本能が覚えています。たまに頭を撫でてきますが、ものすごく優しいです」

いやー、なんか恥ずかしいね。


俺たちはセリアの冒険者である二人の馬車に乗せてもらい、町に行くことにし、馬車に乗り込んだのだが、俺とAIちゃんはもちろん、ナタリアとアリスも馬車に乗り込んできた。

「いや、誰が操縦するんだ？」

全員で乗り込んでどうする？

「この馬車は自動で動くんだよ。馬にちゃんと知能がある」

へー。

便利だな。

「ふーん。どれくらいで着くんだ？」

「明日には着くと思うからそれまで待機ね」

暇だが、歩くよりかはマシか。

「わかった。ＡＩちゃん、遊んでていいぞ」

「カラスちゃんを出してくださいよー」

カラスちゃん？

あー、飛ばして遊ぶのね。

「はいよ」

俺は懐から護符を取り出し、式神のカラスを出す。

カラスはカー、カーと鳴きながら馬車から出て、その辺を飛び回り始めた。

「見張りは私に任せてください」

見張りと言っているが、上から風景を楽しみたいだけだろう。

まあ、暇だし、好きにすればいい。

「……………ねえねえ、それって、異世界の魔法？」

アリスが俺のそばに来て、聞いてくる。

「そうだな。どうもこの世界の魔法は俺の世界の魔法とは違うらしい」

「……………さっきのエアカッターは何？」

「エアカッターを知らん」

「…………こういうの」

アリスはそう言うと、杖を外に向けた。

すると、杖の先から風の刃がすごい勢いで飛び出し、森の木を切っていった。

「あー、それか」

昨日の侍女が使っていた魔法だ。

たしかにかまいたちの術に近いかもしれない。

「…………威力もスピードもこれ以上だった。というか、見えなかった。教えて」

「教えてできるようになるものかねー？　というか、お前には必要ないな。かまいたちは威力はあるが、近距離用だ。殺傷能力があるのは十メートルもない。エアカッターのほうが良いぞ」

かまいたちの術は距離で如実に威力が落ちるのだ。

この子はどう見ても近接戦闘ができるようには見えないし、遠くから魔法を撃っている方がいいだろう。

「…………ほかの魔法はないの？」

ぐいぐい来る子だなー。

「アリスさん、気をつけたほうが良いですよー。その人は根っからの女好きですから気づいたらお腹がポッコリです」

ＡＩちゃんは何を言っているんでしょうね。

「…………え？」

「え？」

アリスとナタリアが微妙に距離を取った。

「くだらん冗談を言うな」

「…………冗談か」

「びっくりしたー」

俺もビックリだわ。

「いや、本当じゃないですか。十人以上も奥さんがいて、三十人以上もお子さんがいましたよ」

「十!?　三十!?」

「…………王侯貴族でも聞いたことがない。逆に尊敬するレベル」

俺も自分のことながら尊敬するわ。

ほぼ引いてるけど。

「俺はまだ信じ切れていない。どんな人生を送ったらそんなことになるんだよ。当主だし、側室や妾《めかけ》がいてもおかしくないが、十以上ってバカだろ。しかも、五十も下の嫁さんってドン引きだよ」

「五十も下!?」

「…………九十九歳で亡くなったって言ってたから四十九歳か」

四十九歳で夫に先立たれるのも可哀想だな。

まあ、卵焼き一つで怒鳴るようなクソじじいは死んでせいせいするかもだけど。

「正確には十二人ですね。五十歳下の奥様はマスターが拾ってきた孤児です。優秀な陰陽師でマスターのお弟子さんでしたが、身寄りもなく、後ろ盾もないからマスターが引き取ったのです」

なるほどー。

「へー……いや、養子にしろよ」

スケベジジイめ！

「養子は奥様方が反対したのです。はっきり言えば、お子様方より優秀だったんですよ。あの御方はマスターのお弟子さんで一番でしたからね。マスターは身内にも厳しいお方だったので跡目争いが起きそうだったんです。それで奥様方が動いたのです。マスターが愛の多いかただというのは奥様方も身を持って知っていますからね」

いや、養子を跡継ぎにしねーよ。

父上が存命だったかは知らんが、少なくとも長寿の母上は生きているだろうし、自分の血族じゃないなら反対する。

「俺って、そんなに厳しかったの？　めっちゃ優しいぞ」

　自分で言うのもなんだが、弟や妹にも慕われていた。

「マスターは真面目な方ですから当主の役目をまっとうしただけです。上に立つ者は厳格でなければなりませんからね。実際、長男が後を継いで引退されてからはお孫さんたちを可愛がるだけのおじいちゃんになってましたよ。奥様方もお子様方も自分たちにはあんなに厳しかったのにお孫さんにはデレデレでしたから呆《あき》れきってました」

　マジでただのジジイだな。

「記憶にないなー」

「ない方がいいでしょう。良い記憶だけではありませんし、マスターの第二の人生には不要なものです」

「そうかー？　顔も名前も思い出せんが、かわいい嫁と子供、そして、孫だろ」

　大事な如月の一族だ。

「それが足かせになるのです。マスターがこれからいい人と出会ったとします。ですが、その時に前の人生のお家族が脳裏にチラつきます」

「あー……なるほど」

　たしかにそれは二の足を踏んでしまうかもしれない。

「相手からしても比べられるわけです。いい気持ちはしないでしょう」

「たしかになー。そういう意味では思い出さない方がいいわけか」

「はい。如月家三十四代目当主、如月悠真様はその天寿をまっとうされました。ちゃんと国や一族のために働き、使命を果たしたのです」

俺の前の人生は文字どおり、終わったんだな。

「俺の記憶が断片的なのはそのせいか……お前が消したんだな？」

「はい。マスターは真面目な方です。たしかに異常な数の奥様がいらっしゃいましたが、それでも奥様や子供たち、そして、お孫さんたちを分け隔てなく愛しておられました。そんなマスターは今世であの方たちを絶対に引きずると判断しました。マスターの新しい人生はこれから先も続きます。申し訳ありませんが、バグとして処理しました」

とんでもないことをしているとも思うが、記憶がないから何も思わない。

まあ、それでいいのだろう。

「転生者って大変なんだね」

「………難しい問題」

話を聞いていたナタリアとアリスが同情の目で見てきた。

「別に気にしてない。思い残すことがないのなら問題ないだろう。それよりもほかの転生者はどうなんだ？」

たしか、俺以外にもいると聞いた。

「うーん、どうかなー？　有名な人はいるけど、わからない」

「………転生者って言ってもユウマみたいにわかりやすくないからね」

服か……。

この子たちの服を見ても、俺やＡＩちゃんの和服とは随分と違う。

「転生者って気づかれない方がいいか？　だったら町で服を買うが……」

「別にいいんじゃない？」

「………うん、特に問題ないと思う」

ならこのままでいくか。

この服も気に入ってるし、ＡＩちゃんは式神だから服は面倒なのだ。

俺たちは馬車に揺られながら進んでいき、暗くなったので野宿をした。

そして、翌日、この日も馬車に揺られながら進んでいる。

「もうすぐで着くよ」

ナタリアが笑顔で告げてくる。

「ようやく人里か……そういえば、盗賊狩りの報酬はいくらになるんだ？」

「えーっと、金貨二十枚だね。だから一人金貨十枚」

金貨？

「ＡＩちゃん、この世界の金はどうなっている？」

「この世界の通貨は銅貨、銀貨、金貨になります。銅貨十枚で銀貨一枚、銀貨十枚で金貨一枚ですね」

うん、わからん。

「つまり？」

「えーっと、普通の人だったら金貨十枚で一ヶ月は生きていけるかな？」

ナタリアが補足してくれた。

「つまりお前らは今回の盗賊狩りで一ヶ月分の生活費を手に入れたわけだな？」

「そうだね。と言っても、私たちは十日くらいかな？　そこそこ儲けているから贅沢してるし」

なるほどねー。

「冒険者は儲かるか？」

「人次第だね。ユウマは強いし、すぐに稼げると思うよ」

「…………やりたいことがないなら冒険者がおすすめ。誰でもなれるし、面倒なしがらみなんかはない」

冒険者ねー。

まあ、傭兵や宮仕えよりかはそっちの方がいいかもしれない。

「誰でもなれるってことは俺でもなれるか？」

「うん。依頼の報告に行かないといけないし、連れていくよ」

「……………くれぐれも盗賊は私たちが討伐したことにしてね。ユウマは道中で拾った迷子」

迷子かー。

九十九歳だったことを考えると、徘徊《はいかい》老人みたいで嫌だな。

「わかった。それで金を稼がないとな。このままでは町に着いても野宿だ」

「橋の下で寝ますかー」

浮浪者だな。

「あ、あの、やっぱり少しお金を渡すよ」

ナタリアが提案してくる。

「いらん。それはお前らの金だ」

施しは受けない。

「…………でも、冒険者になるためには登録料で金貨一枚いるよ？」

アリスがボソッと教えてくれる。

「……貸してくれ」

そういえば、人を頼ることが大事って寺の坊主から習ったな。

「う、うん。じゃあ、貸すよ。返すのはいつでもいいからね」

これは返してもらう気がないな……。

ナタリアは優しいなー。

俺たちが話しながら進んでいると、前方に大きな壁が見えてきた。

「なんだあれ？　砦《とりで》か？」

でかくないか？

「いや、セリアの町だけど？」

「町？　砦の中に町があるのか？」

「そうだけど？　外壁がないと、魔物が町に入ってくるじゃん」

なるほど。

そういうことか。

妖は町中だろうが、どこにでも発生する。

だが、魔物は生物なんだ。

だから外壁がいる。

「金がかかるだろうに」

「かかっているとは思うけど、仕方がないことだもん」

まあなー。

馬車はそのまま進んでいき、門を抜け、町に入った。

町には多くの人や建物が見えているが、人は俺がいた世界とは服装や髪の色が異なっているし、建物も木材が中心だった俺の世界の家とは異なり、石作りが目立つ。

「異世界だな」

「まあ、異世界ですよ」

ＡＩちゃんが同意する。

「しかも、大きい町だな」

「ですねー。カラスちゃん、上空で町の全貌《ぜんぼう》を見てきて」

ＡＩちゃんが肩にとまっているカラスちゃんにそう言うと、カラスちゃんが上空に飛んでいった。

俺たちはそんなカラスちゃんを見上げる。

「マスター、町の地図を作成しますので紙とペンをください」

「地図？　護符しかないぞ」

ペンもない。

「あ、だったらこれをどうぞ」

ナタリアが白紙の紙とペンをＡＩちゃんに渡した。

「では、私は地図の作成に入りますのでしばらく黙ります」

ＡＩちゃんはそう言うと、ペンで地図を描き始めた。

「あ、手書きなんだ……」

てっきり自動で描くとか浮かび上がるとかそういうのを予想していたのだが、普通に描き始めている。

「お気になさらずにー」

ＡＩちゃんが心ここにあらずで一心不乱に描き続けていた。

「じゃあ、私たちはギルドに行こうか」

ナタリアが笑顔で言う。

「馬車はどうするんだ？」

「これは借り物だから返さないといけない。降りて」

そう言われたので俺たちは馬車から降りた。

すると、馬車が勝手にどこかに歩いていく。

「逃げたぞ」

「勝手に戻るようになっているんだよ」

へー……。

防犯的に大丈夫なのかね？

「…………ギルドはこっち。ついてきて」

アリスが先行して歩いていったので俺たちもついていく。

「ＡＩちゃん、危ないから前を向いて歩けよ」

ＡＩちゃんは地図を描きながら歩いているため、非常に危なっかしい。

「問題ありません。カラスちゃんの視界とリンクしていますし、この程度は問題ないです」

「そうかー？」

「お孫さんと手を繋いで歩きたいおじいちゃんですか？」

そんなことはないんだが、人が多いから危ない。

「というか、見た感じは兄妹だよね」

「……………そんな感じがする」

まあ、二十歳と十歳前後だからそう見えるわな。

髪の色はともかく、たぶん、顔立ちも似ているし。

「ＡＩちゃん、設定を兄妹に変えようか？」

「お兄ちゃんって呼びましょうか？」

なんかすごく嫌だな。

だって、顔が母親なんだもん。

「やっぱりやめよう」

「でしょうね」

ＡＩちゃんが地図を描きながらうんうんと頷いた。

「そういや、お前らって何歳だ？」

俺は二人に聞く。

「私は十七歳」

「………私は十六歳」

ナタリアは思ったより、ずっと若かったし、逆にアリスは上だった。

「そうか……」

「え？　ユウマはいくつ？」

「………気になる」

九十九歳。

「この身体は二十歳らしいぞ」

「え!?　年上？」

「………同い年かと思ってた」

いや、それはない。

ナタリアは同い年くらいに見えるが、アリスは絶対に下に見える。

「まあいい。しかし、異なる文化の街並みを見るのは楽しいな」

「逆にユウマがいた世界が気になるね」

「………たしかに。あ、あそこがギルドだよ」

アリスが先にある建物を指差す。

「あれか……じゃあ、行くかね。俺は迷子の転生者っと」

「悪いけど、お願いね」

俺たちはギルドなる建物に向かって歩いていった。

第三章　ギルド

俺たちは街中を歩き、とある建物の前に来た。

「これが冒険者ギルドだよ。ここで仕事を受注したりするの」

ふーん……。

「………ギルド内での私闘は禁止だから気を付けて」

禁止なのはギルド内だけらしい。

「わかった」

「じゃあ、行くね」

ナタリアとアリスがギルドに入っていったので俺とＡＩちゃんも続く。

ギルドの中に入ると、いくつかの丸テーブルが置いてあり、そこで仲間と何かを話す冒険者らしき者たちがいた。

ほかにも右の壁に貼ってある何かの紙を見ている者たちもいる。

そんな中をナタリアとアリスが進んでいき、奥の受付に向かったため、俺たちも後ろについていく。

受付は三つあり、どこも見た目麗しい女性が座っていたが、二人は真ん中の金髪の女性の前に立った。

「ただいま、パメラさん」

「………ただいま」

二人が金髪の受付嬢に挨拶をする。

どうやらパメラという名前らしい。

「おかえりなさい。どうでした？」

パメラがニコッと笑い、確認をする。

「えーっと……」

「………ナタリア、私が話す」

嘘《うそ》がつけそうにないナタリアが言い淀《よど》んでいると、嘘がつけそうなアリスが前に出た。

「どうかしたんですか？」

「………たいしたことじゃない。まずだけど、依頼は無事に達成した。やっぱり前の被害者が出たところで襲ってきた」

「やはりですか……わかりました。すぐにギルド員を派遣します。報酬は確認が取れ次第、お支払いします。お疲れさまでした」

どうやらギルドの者が確認に行くらしい。

首を持って帰らなかったから変だと思ったが、そういう仕組みらしい。

「……うん。それとだけど、迷子を連れて帰った」

迷子って言われるのは地味に嫌だなー。

「迷子？　後ろの二人でしょうか？　一人は……何かを描いてるようですけど」

ＡＩちゃんはずっと地図を描いている。

「……小さい子は気にしないでいい。問題はこっちの人。どうやら異世界からの転生者らしい。しかも、昨日、転生したんだって」

「はい？　昨日、転生した？　大人の方ですよね？　幼い顔立ちではありますが……」

俺って、幼いかな？

そんなことを言われたことがないんだが……。

「……二十歳らしいよ」

「同い年……見えないなー……え？　転生者では？」

「……それがよくわからない。九十九歳の大往生だったらしいんだけど、二十歳の姿で森の中にいたんだって」

「うーん……まあ、わかりました。聞いたことないですけど、そういうケースもあるのでしょう。少し、お話を伺ってもいいですかね？」

パメラがチラッと俺を見た後にアリスに確認する。

「…………いいけど、気をつけてね。いろいろと……」

その含みはなにかな？

「いろいろ？　えーっと、言葉は通じるかしら？」

パメラが俺を見て、確認してきた。

「通じているぞ。言語は問題ない」

ほかがわからないけどな。

「それは良かったです。えーっと、異世界からの転生者ということでいいですかね？」

「そうだな。服装なんかを見ればわかると思うが、文化が全然、違って困っている」

「それは大変ですね。この二人とはどこで出会われたんです？」

「盗賊狩りを終えて休んでいるところだろうな。そこで話を聞いて、ここまで連れてきてもらった」

話は合わせておかないとな。

「なるほど。えーっと、お名前は？」

「如月悠真《きさらぎゆうま》だ。呼びづらいのはわかっているので名前の方のユウマでいい」

「あ、苗字が先なんですね」

ん？

「違うのか？」

「私たちは苗字が後に来ますね。例えばですが、私はパメラ・アストリーと言いますが、パメラが名前でアストリーが姓になります」

この辺も違うんだな。

「わかった。覚えておこう」

「はい。えーっと、ユウマさんはこれからどうされるんですか？」

「さっきアリスが言ったように俺の前の人生は九十九歳の大往生だった。たいして記憶が残っているわけではないが、思い残したことはないはずだ。だから今回の人生では気楽に生きようかと思っている。だが、来たばかりで着の身着のままだ。要は金がないんだよ。そういうわけでこいつらと同じように冒険者とやらになって金を稼ぎたい。話はそこからだな。このままでは今日も野宿だ」

食料はどうにかなる。

蛇でもネズミでもなんでもいいし、川で魚を獲ってもいい。

でも、さすがにそろそろ屋根のある部屋で寝たい。

「それは大変ですね。では、冒険者登録をしましょう……あのー、登録料に金貨一枚が必要なんですけど」

パメラが気まずそうに言ってくる。

「ナタリア、貸してくれ」

「うん」

ナタリアは肩にかけてあるカバンに手を突っ込むと、小袋を取り出し、そこから俺に金貨一枚をくれた。

「感謝する。お礼に良いことを教えてやろう。明日は晴れだぞ」

「どうも……」

「………しょうもな」

俺の天気占いは結構すごいんだぞ。

「はい、金貨一枚」

俺は受付に受け取った金貨一枚を置く。

「たしかに。では、こちらに必要事項をお書きください……文字は書けますか？」

どうだろ？

「ＡＩちゃん、俺って文字は書けるのか？」

「書けますよー」

ＡＩちゃんが地図を描きながら答える。

すると、ナタリアとアリスがＡＩちゃんが描いている紙を覗《のぞ》いた。

「すごっ」

「………え？　なにこれ？」

「まだ途中ですから見ないでください」

ＡＩちゃんが紙を抱いて隠す。

「めっちゃ気になるなー……まあいいや。これに書けばいいんだな？」

「はい」

俺は紙を見て、必要項目を書いていく。

名前、年齢、性別から始まり、基本的な項目を書いていった。

「パメラ、得意分野って何を書けばいい？」

「そのまんまご自分の得意分野を書いてくだされば結構です」

と言われても陰陽術と書いても通じないだろうな。

「魔法でいいか。あと剣術もそこそこできる。あとは……占いと算術も得意だな」

とりあえず、書いとけ。

「そのくらいで結構ですよ」

俺が得意分野を埋めるくらいに書いていると、パメラが止めてくる。

「そうか？」

「写経と書かれても冒険者には意味のない技能ですし……」

それもそうか。

「じゃあ、こんなもんだな」

「はい。では、お預かりします」

パメラは書いた紙を読み込んでいった。

「はい。書き漏れはないようです。次にですが、こちらに触れてもらえますか？」

パメラはそう言うと、受付の下から水晶玉を取り出した。

「なにこれ？」

「これは魔力を測定する水晶玉です。これに触れ、魔力を流してみてください」

「ふーん……」

俺は水晶玉に触ると、霊力を流してみる。

「………………」

「………………」

「……あれ？　まだですか？」

ん？

「触れた時から流してるぞ」

「えーっと、おかしいな……故障かな？」

パメラはそう言うと、水晶玉に触れた。

すると、水晶玉が赤く変色しだす。

「故障ではないですね……魔力を流していますか？　魔法が得意と書いてありましたけ

ど」

「あ、マスター、霊力と魔力は違いますから測定はできませんよ」

地図を描いていたＡＩちゃんが顔を上げて教えてくれる。

「あー、そうなのか……パメラ、俺は異世界から来たから厳密には魔法ではなく、陰陽術と呼ばれる魔法みたいなものなんだ。使うのも魔力ではなく、霊力だ。何が違うのかはわからんが、違うものっぽい」

「なるほど……そうなるとどうしましょうかね？」

「なにか問題があるのか？」

「いや、ランクを決めないといけないいんですが、その指標の一つが魔力なんです」

ランク？

「冒険者にもランクがあるのか？」

「はい。昔はなかったんですが、実力のない者が無茶な仕事を受けることが多かったんで、ランク制度を導入し、実力に見合った仕事を紹介するように変えたんです」

合理的だな。

仕事を失敗して困るのは紹介したギルドもだろうし。

「じゃあ、魔力を測定できない俺はどうなる？」

「えーっと、最低のＧランクということに……」

まあ、仕方がないのか？

「Gランクの仕事とは？」

「薬草採取、水路の清掃、スライムやゴブリン狩りです」

嫌……。

「森でゴブリンに遭遇したが、あれが金になるのか？　その辺の子供でも倒せそうな弱さだったぞ」

「ゴブリンは一匹で銅貨五枚になります」

物価がわからんが絶対に安いと思う。

「それで宿屋に泊まれるか？」

「安宿でも銀貨二枚は必要かと……」

ダメじゃん。

「どうにかなんない？　せめて稼げるランクには上がりたいんだけど」

このままではマジで橋の下で蛇とネズミを食べる浮浪者になってしまう。

「うーん、昇級試験を受けてみますか？」

「GランクがAランクになれるの？」

「いや、そこまではさすがに……」

さすがにそこまでの飛び級は無理か。

「どこまでならいける？」

「えーっと、試験官と模擬戦をしてもらって認められれば、Ｄランクぐらいにはなれるかと」

Ｄランクねー。

「ちなみに、お前らはどのくらいなんだ？」

俺は後ろのナタリアとアリスに聞く。

「私はＣランクだよ」

「…………ふふっ、Ｂ！」

ナタリアは普通に答えたが、アリスが胸を張って自信満々に答えた。

「マスター、アリスさんに依頼を受注してもらって、それをマスターが代わりにこなすのはどうでしょう？」

おー！

「さすがはＡＩちゃん。俺の頭脳！　賢い！」

「えへへ」

ＡＩちゃんが嬉《うれ》しそうに笑った。

「あのー、不正はやめてくださいね」

パメラがジト目で見てくる。

象となります」

「そういうのはダメなんです。実際にそういうので商売をしている方もいますが、取締対

「ダメなのか？」

「へー……」

じゃあ、盗賊狩りは俺が依頼料を受け取ったらマズかったんだな。

「どうします？　Ｄランクの昇格試験を受けますか？」

「模擬戦だっけ？　うーん……」

大丈夫かな？

俺、対人戦闘なんかはあまりやったことがないから手加減が苦手なんだよなー。

「マスター、受けたほうがいいかと……模擬戦ですし、何かあっても事故ですよ」

「まあなー……でも、罪もない者を殺すのは良くないだろ」

俺は妖を祓い、人を守る陰陽師だ。

そんな俺が罪もない人を殺めていいものだろうか？

「事故ですって事故。それよりもお布団で寝ましょう。私の健康診断によると、マスターはかなり疲弊しています」

それは頭が微妙に重いからだな。

うん、ほとんど言語インストールのせい。

「頑張って手加減するか……」

「おいおい……えらく強気な兄ちゃんがいるな」

声がしたので振り向くと、俺よりも上にも横にもでかいおっさんが笑いながら立っていた。

おっさんは薄着なせいで発達した筋肉が目立ち、あちこちの傷痕もあることから歴戦の猛者のように見える。

「あ、ジェフリーさん」

どうやらパメラの知り合いらしい。

「パメラ、誰だ？」

「ウチの職員です」

職員？

冒険者じゃないのか？

「おっさん、道を間違えてないか？　絶対に冒険者か傭兵《ようへい》をやるべきだぞ」

「元冒険者なんだよ。引退したから経験を生かして、この職に就いたんだ」

なるほどね。

指導員みたいなものか。

「ふーん」

「おい、どうでもいいが、こいつはなんだ？」

おっさんが足元を指差す。

おっさんの足元ではＡＩちゃんがおっさんの太い脚をぱんぱんと叩いていた。

「こら、やめなさい」

俺はＡＩちゃんを引きはがし、ナタリアに託す。

すると、ナタリアがＡＩちゃんの両肩に手を置き、見守り始めた。

「なんだあれ？」

「俺の弟子だ。好奇心旺盛なのかな？」

「まあ、子供か……いや、そうじゃない！　パメラ、何があった？」

おっさんは我に返り、パメラに確認する。

「あ、はい。この方は異世界からの転生者さんで魔法が得意らしいんですけど、技術が特殊らしくて水晶が反応しないんです」

「あー、まあ、転生者ならそういうこともあるわな。仕方がないからＧランクだ」

「そう言ったんですけど、納得されなくて……」

「ハァ……クレーマーか」

誰がクレーマーだ！

「ゴブリン狩りなんてやってられるか」

「あのな、みんな、最初は一からやるんだ」

そんなもんはわかっている。

「俺は家もないし、食料もないから手っ取り早く収入を得る必要があるんだ。だから昇格試験を受けようっていう話をしてたんだよ」

「そうなのか？」

おっさんがパメラに確認する。

「はい。ギフトを持つ転生者さんですし、試験をして、良ければDランクぐらいにはしてもいいかなって」

「なるほどな……わかった。認めよう」

おー！　話のわかるおっさんだ。

「よし、Dランクだ」

「やりましたね、マスター！」

ＡＩちゃんが両手を胸の前で握りしめ、喜ぶ。

「こいつらのこの自信はなんだ？」

「わかりません」

「うーん……試験官は俺がやろう」

おっさんが試験官をやるらしい。

「ジェフリーさんが？　えーっと、大丈夫です？」

「若い者を揉《も》んでやるのも年長者の仕事だ」

「その人、昨日、九十九歳で亡くなったらしいですよ」

「……ジジイだな」

いや、二十歳だから。

「おっさんが試験官をやるのはいいんだが、どこでやるんだ？」

「地下に練習場がある。そこに行こう」

おっさんがそう言って、指差した先には地下に降りる階段があった。

「ふーん……」

「じゃあ、行くぞ」

おっさんはそう言って、階段に向かって歩いていった。

「ふっ、あのおじさん、死んだな」

ＡＩちゃんがニヒルに笑う。

「ユウマ、手加減を忘れずに！」

「…………ばいばい、ジェフリー。お墓参りには行くよ」

ナタリアとアリスがそう言うと、歩いているおっさんが一瞬、立ち止まった。

だが、おっさんはそのまま階段を降りていったので、俺とＡＩちゃんもあとに続く。

すると、パメラ、ナタリア、アリスもついてきたので、一緒に階段を降りていった。

俺たちが階段を降り、地下にやってくると、そこそこの数の冒険者らしき人が訓練中だった。

「この辺でいいだろ」

前を歩くおっさんが立ち止まったため、俺たちも立ち止まった。

「マスター、頑張って！」

「頑張れー」

「………がんば」

少女三人が応援してくれる。

「なんかお前にだけギャラリーがいるな……」

おっさんが三人を呆《あき》れたような目で見る。

「お前にもパメラがいるだろ」

「応援する気はゼロのようだがな」

パメラはペンと紙を持ち、メモをする体勢となっており、応援する気はなさそうだ。

「お気の毒に」

「チッ！　女はお前みたいなのがいいのか!?」

そういうことではないと思う。

「どうでもいいから始めようぜ。どうすればいいんだ？」

「模擬戦が良いかと思ったが、お前は魔法使いだったな。やめておこう」

ん？

「まあ、妥当だと思う」

「日和りましたよ！」

「…………情けない」

あー、そういうことか。

「べつに魔法じゃなくてもいいぞ。俺は剣も使える」

「いちばん得意なのは魔法だろう？　ならば、それを見せてくれ」

これはたしかに日和っているわ。

まあ、現役時代はどれだけ強かったかは知らないが、引退してるわけだしな。

「どうする？」

「これを見ろ」

おっさんはそう言うと、護符らしきものを取り出した。

「護符？」

「そうだ。これは魔法を防ぐ護符でな、かなりのものなんだ。俺がこれを持っているから魔法で攻撃してこい」

「大丈夫か？」

「かなりのものと言っただろう。問題ない」

本当に大丈夫かね？

「マスター！　煉獄大呪殺《れんごくだいじゆさつ》です！　もしくは、妖狐無間地獄《ようこむげんじごく》です！　如月の力を見せつけるのです！」

「アホ。町が燃えるし、全員、死ぬわ」

母上に教わったヤバい術だ。

「よし！　やっぱりこれにしよう！」

おっさんは護符を訓練用の藁《わら》人形に張った。

それに術を撃てということらしい。

もはや、完全に模擬戦ではなくなっている。

「じゃあ、それでいいよ。俺はなんでもいいしな。Dランクはどれくらいだ？」

「魔法を見て判断する。いつでもいいぞ」

そう言われたので手を宙に向け、狐火《きつねび》を出す。

すると、手のひらの上に火球が現れた。

「どれくらいだろ？」

「マスター、それではFランクな気がします」

ＡＩちゃんがそう言うので、霊力の出力を上げ、火を強くする。

「こんなもんか？」

「うーん、Ｅランクですかね？」

まだか……。

俺はさらに火力を上げた。

「じゃあ、こんなもん？」

「見た目が大事な気がします。大きくしましょう」

そう言われたので頭程度の大きさだった火を倍くらいの大きさにしてみる。

「こんなもんか？」

「いい感じです。行きましょう」

「よーし！　狐火！」

俺が出した火球は狐の尻尾のように伸びていき、藁人形に直撃する。

すると、藁人形が金色に燃え上がった。

「ひえー……」

「………私、魔法使いを名乗るのをやめようかな」

ナタリアとアリスが呆然《ぼうぜん》と燃える炎を見ている。

「マスター、どうですー？」

「いや、あの護符すごいな。藁人形が全然燃えてない」

これだけの火力を出せば、藁なんて一瞬で燃えカスになるものだが、いまだに炎の中に藁人形の影が見えている。

「悔しいです。やはりもっと火力を上げておくべきでした」

いや、あの護符ってたぶん、かなり高価だろ。

もったいないわ。

「お、おい、あの火はいつまで燃えるんだ？」

おっさんが聞いてくる。

「お前がいいって言うまでだ。いつまでも燃え続ける」

「消せ！　暑いわ！」

まあ、地下だしな。

俺は言われたとおりに狐火を消す。

すると、そこには燃えカスどころか焦げすらついていない藁人形が立っていた。

「すごいです」

「あの護符、いいなー。俺が作る防御の護符より良いもんだろ」

術式を教えてくれないかな？

「よ、よし！　まあまあ、だな！　Dランクくらいにしてやろう。パメラ、頼む」

おっさんはダラダラと汗を流しながらそう言うと、足早に階段を昇っていった。

「えーっと、とりあえず、受付に戻りましょうか」

呆れた顔でおっさんを目で追っていたパメラがそう言うので、俺たちも階段を上がり、受付に戻った。

「では、こちらが冒険者カードになります。転生者であるユウマさんにとっては身分証明にもなるので大事にしてください」

「感謝する。早速、依頼を受けたいんだが……」

金がない。

「依頼はあそこに壁に依頼票が貼ってあるのでそこを確認ください。もちろん、Cランク以上は受けられません」

あの壁一面に貼ってある紙が依頼票か。

「ちょっと気になったことを聞いてもいいか？」

「どうぞ」

「依頼はランクで受けられるか受けられないかはわかる。だが、複数で挑む場合はどうなる？　アリスがBランクでナタリアがCランクなわけだろ？」

Cランクしか受けられないのかな？

「それについてはパーティーランクというものがあるんですよ」

あー……そういうこと。

個人のランクではなくパーティーのランクで判断するわけだ。

「なるほど。ちなみに、こいつらのパーティーランクは？」

「えーっと、Cランクですね」

ふーん……。

「まあ、わかったわ。早速だが、仕事をしたい。右も左もわからないからいい感じの依頼を教えてくれ」

「あのー、それなんですけど、もう夕方ですし、依頼は明日にした方がいいですよ？　儲かるのは当然、町から出る仕事ですし、今から出ると、夜になってしまいます。夜は門を閉じますし、野宿になっちゃいますよ」

どっちみち、野宿なわけか……。

ならば、町の中の方が安心でいい。

「勝手に壁を越えたらマズいよな？」

「もちろんです。それは違法です」

だよなー。

「ナタリア、お前、きれいな髪をしているな」

俺は後ろを振り向き、ナタリアを褒める。

「か、貸すよ。貸すから褒めないで。なんか怖い」

なんで？　女は褒められるのが好きだろう？

「マスターは十二人も奥さんがいたから根っからの女好きと思われているんですよ」

お前がバラしたんだろ。

「十二っ⁉」

あ、パメラにもバレた。

「前世はそういう人生だったというだけだ。記憶もないし、知らんわ」

「あ、うん……」

引いてるし……。

「まあ、いい。明日仕事をして、返すから一泊分の金を貸してくれ」

「うん、いいよ」

優しいナタリアは財布を取り出す。

「………ユウマ、泊まるところがないならウチに来ない？」

ナタリアが財布から金貨を取り出したと同時にアリスがとんでもないことを言い出した。

「ウチってお前の家か？　俺がいた世界では非常にはしたないことを言っているぞ」

「………あー、ウチって言ったけど、私の部屋じゃない。実は私たちはクランに所属しているんだけど、クランの寮で寝泊まりをしている。そこには客室もあるし、一泊くらいなら泊まってもいいよってこと」

「すまん。クランってなんだ？」

一つの屋敷にアリスとナタリアが泊まっているってことかな？

「………クランっていうのはパーティーの集合体って思ってくれればいい。私たちのほかにもクランリーダーの元、別のパーティーが所属している」

ふむふむ。

大体、わかった。

「クランリーダーに許可を得なくてもいいのか？」

「………一泊くらいなら問題ない」

ふーん……。

「AIちゃん、どう思う？」

「お金を借りるよりかは好意に甘えた方がいいと思います」

そりゃそうだ。

「ナタリア、お前もいいか？」

「うん。部屋は空いているし、良いと思うよ」

ナタリアは笑顔で頷《うなず》く。

「じゃあ、頼むわ。この恩は必ず返すからな」

「…………べつにいい。困っている時はお互い様」

アリスも優しいわ。

異世界というよくわからないところにやってきたが、縁には恵まれたようだ。

「そういうことだからお前が言うように仕事は明日にする」

今日の宿の目途が立ったのでパメラの方を向く。

「わかったわ。一応、いい感じの仕事を探しておきましょう」

「頼むわ」

俺は仕事のことをパメラに頼むと、ナタリアとアリスと共にギルドを出た。

SIDE パメラ

ナタリアさん、アリスさん、そして、転生者であるユウマさんとよくわからないAIちゃん（？）がギルドから出ていった。

私はそれを受付内から見送ると、立ち上がり、奥の執務室へと向かい、扉をノックする。

「ジェフリーさん、よろしいでしょうか？」

『ああ……』

部屋の中から心あらずといった感じの返事が聞こえたため、扉を開け、中に入る。

すると、部屋の中ではジェフリーさんがデスクにつき、呆然と護符を見ていた。

「どうしました？」

「どうもこうもないな。高かった護符がダメになってる」

壊れたらしい。

「すごい火でしたものね」

「ああ……俺の長年の勘で模擬戦をしなくてよかった」

そうは思うが、さっきのジェフリーさんはめちゃくちゃかっこ悪かった。

「それ、Cランクの護符ですよね？　それを簡単に破壊するとは恐ろしい術者がいたものですね」

「Cランク？　これはBランクの護符だ。金貨五十枚もする」

Bランクの護符を破壊するほどなのか。

「とんでもないですね……」

「ああ……とんでもない。なにがとんでもないってあの火が全力じゃないことだな」

そんな感じはしていた。

あのＡＩちゃんとの会話を聞いていると、明らかに制御し、火を抑えていた。

「火を自在に変えてましたね。火力もですが、制御能力も高いです」

「だな。底が見えんバケモノだパメラ、ナタリアとアリスが盗賊狩りをしたんだってな？」

「はい」

「鑑定ができる調査員を派遣しろ。たぶん、やったのはあの兄ちゃんだ」

私もそう思う。

簡単にお金を貸していたし、そういうことだろう。

「了解しました」

「あいつらはどうした？」

「ユウマさんをDランクにしました。その後、仕事を紹介するように言われたんですが、もうこんな時間なので明日にすることになりました。ユウマさんとＡＩちゃんはナタリアさんたちのクランの寮に泊まるようですね」

「なるほど……早速、囲いにきたか」

まあ、そうだと思う。

あれほどの術者を放っておくはずがないし。

「ほかに取られる前に動いたようです」

「だろうな。地下の練習場にいた連中があっという間にいなくなっていた」

地下で練習していたほかの冒険者たちはユウマさんの火を見て、驚愕《きょうがく》していた。

そして、すぐにいなくなった。

まあ、自分たちのパーティーリーダーやクランリーダーに報告しに行ったんでしょう。

「いかがなさいます？」

「とりあえず、このギルドに来るんだろう？」

「はい。明日、来るそうです」

「じゃあ、問題ない。よその区のギルドに行かれなければいい」

この町は四つの区に分かれており、それぞれギルドがある。

もちろん、仲は悪い。

「異世界人は行動が読めませんからね。移籍されないといいのですが……」

文化も違えば、考え方も違っている。

どういう行動で機嫌を損ねるかはわからないところがある。

「どういうやつなんだ？」

「おそらくですが、生前はかなりの上流階級か権力者だったと思われます。言葉遣いや態度、立ち振る舞いが貴族のそれです」

はっきり言えば、偉そう。

「まあ、そんな感じはしたな。ほかには？」

えーっと、これも報告しておくべきか。

「本人はあまり覚えていないようですが、奥さんが十二人いたようです」

「……マジか。すごいな、おい」

ジェフリーさんも引いている。

「王族ですかね？」

「わからん。女好きなのかね？」

「さあ？　普通の青年に見えましたけどね。言葉遣いはあれですけど、真面目な印象を受けました」

普通とは言わないが、そんなに女性を口説くような軽そうな人間には見えない。

「まあ、そういうのが得てして……いや、いい。とにかく、いい感じに接しておけ。間違ってもよそに取られるな」

「わかりました」

「それと【風の翼】のクランリーダーに話しておけ」

【風の翼】とはナタリアたちが所属しているクランのことだ。

「レイラさんですか？」

「ああ。あいつがどういう判断をするかは知らんが、一応、耳に入れておけ」

「わかりました」

あの人、苦手なんだよなー。

第四章　――　クラン

俺とAIちゃんはナタリアとアリスに案内され、とある建物の前に来ていた。

建物はかなり高く、大きさも十分な石造りの塔みたいな感じだ。

「ここがウチのクランの寮だよ」

ナタリアがそう言ったので建物をよく見ていると、【風の翼】という文字が書いてある看板が見えた。

「【風の翼】？」

「あ、ウチのクラン名だよ。クランリーダーは【疾風《しっぷう》】っていう二つ名を持っているAランク冒険者なの」

Aランク。

強そうだ。

「ふーん……それにしてもずいぶんと大きいな。それにこの石はなんだ？」

建物の壁を触ってみるが、つるつるだ。

それに石を積んだようには見えないし、泥でも固めて作ったんだろうか？

周囲の建物もそんな感じである。

「石じゃないよ。私も詳しくはないけど、そういう素材を混ぜて固めたやつかな？」

ふーん、独自の技術かな？

「地震で倒壊しそうだな」

「地震ってなに？」

ん？

「地面が揺れる自然現象だ」

「なにそれ？」

え？　ないの？

「…………私は知ってる。南の方の火山がある国ではそういう地揺れがあるって聞いたことがある」

火山はウチの国にもあったな。

ということは火山がないと地震がないのだろうか？

「倒壊しないならいいわ」

「怖いことを言うね。大丈夫だよ。ほら、入って」

そう言われたので建物の中に入る。

建物の中は広く、吹き抜け構造となっており、上を見上げると、三階建てだとわかる。

「ここがエントランス。とりあえず、客室に案内するね……一階でいいかな？」

ナタリアがアリスを見る。

「…………いいと思う。空いているのはあそこ」

アリスが頷くと、左にある扉を指差した。

「じゃあ、あそこでいいか」

ナタリアがそう言って歩いていったので扉に向かう。

そして、扉を開けると、そのまま中に入った。

部屋は十畳くらいの広さであり、テーブルや布団が敷いてある台がある程度だった。

「悪いな」

「ううん、こんなので良かった？」

きれいだし、問題ない。

というか、意見を言える立場ではない。

「一つ聞いていいか？」

「なーに？」

「お前らって、家の中でも土足なの？」

この建物に入ってからずっと気になっていた。

「え？　土足じゃないの？　さすがに寝る時は脱ぐけど」

「あー、いやいい。ウチは脱ぐ風習だっただけだし」

「そうなんだ……全然、違うね」

「まあ、これはこれで楽しいわ。本当に異世界だし」

見るものすべてが新鮮だ。

「そう？　なら良かった。ご飯はどうする？　用意はできるけど、口に合うかな？」

食文化も違いそうだなー。

なにしろ、ここに来るまで田んぼを一切見ていない。

「くれ。食べてみたい」

「じゃあ、夕食の時間に持ってくるね」

「感謝する」

「うん。私はちょっと料理担当の人に話しにいくからまたね」

ナタリアはそう言って、笑顔で手を振りながら部屋から出ていった。

「お前は？」

俺は残っているアリスを見る。

「………暇だから魔法を教えて」

「まあ、いいけど……」

「あ、その前に町のことを教えてもらえませんか？　地図はできたんですけど、詳細なことを知りたいです」

そういえば、いつの間にかＡＩちゃんは地図を描くのをやめていたな。

どうやら描き終えていたらしい。

「…………いいよ」

アリスが返事をすると、ＡＩちゃんがテーブルに紙を置いた。

俺とアリスはテーブルにつき、その紙を見る。

紙に描いてあったのは精巧すぎる地図であった。

「すごいな……」

「…………こんな精巧な地図は見たことがない。これ、高値で売れそう」

冒険者になんかならなくても地図で儲《もう》けられそうだわ。

それくらいに精巧な地図だった。

「カラスちゃんが見た映像をインストールし、アウトプットするだけですよ」

簡単に言うなー……。

さすがは優秀なスキルだわ。

「…………そういえば、カラスちゃんは？」

アリスが聞いてくる。

「今はこの建物の屋根で周囲を見張っている」

「……そんなこともできるんだ……」

むしろ、そういうことが専門である。

「それでアリスさん、この町はどうなっているんです？」

ＡＩちゃんがアリスに聞く。

「……簡単に説明すると、この町は東西南北の四つの区に分かれている」

「住居区とかか？」

「……いや、違う。そういうのじゃなく、それぞれの区が独立している。だからそれぞれの区にギルドや商店、住居なんかがあり、それをそれぞれの区長が管理している形」

なんかすごいな、それ。

「なんでそんなことになったんだ？」

「……昔の話だけど、ここはとある領主が管理する町だった。でも、その領主の子供は四つ子だった」

「四つ子!?　すげー！」

頑張ったな、お母さん。

「……三十人以上も子供がいたあなたの方がすごい」

うん……まあ。

「それはいいだろ。それで？　まさか自分の領地を四人の子供に分けたのか？」

「………そのまさか。四人は甲乙つけがたい能力だったらしく、町を四つの区に分け、子供たちに任せた。そして、いちばん成果を出した子に跡を継がせる気だった。でも、そうさせてすぐにその領主が流行《はや》り病で亡くなってしまった。その結果、今日まで町が四つの区に分かれたまま」

あちゃー。

「その四人の子供は争わなかったのか？」

「………とても仲の良い兄弟だったらしい。だから誰かに任せるのではなく、兄弟で力を合わせ、頑張っていこうということになったらしい」

良い話だねー。

そいつらにとってはだけど。

「でも、そいつらの子はそう思わんだろ」

「………もちろん。だから次の代からギスギスし、今の感じになった。同じ町の中に実質、四つの町があるのはそのせい。当然、今の四人の区長は仲が悪いし、それぞれの組織……つまり冒険者ギルドを始め、商人ギルドなんかも仲が悪い」

ふーん……。

「ここはどこだ？」

「………その四つの区は東西南北に分かれているんだよ。ここは西区。ちょうどこの川と水路が境目」

アリスはそう言いながら地図に描いてある斜めの川と水路をなぞる。

「たしかに斜めに走る川と水路で東西南北に分けることができるな。仲が悪いってことはお前らってよその区にはあまり行かないのか？」

「…………西区で事が足りるからね。あと、西区の住人がよその区で買い物をしようとすると、さすがにぼったくりはないけど、まず値切れない」

嫌な町……。

「冒険者同士も争っているのか？」

「……まあね。仲が良いというか交流するクランもあるよ。正直に言えば、私だってナタリアだってこの町の出身じゃないからどうでもいいって思っているしね」

「そうなのか？」

「……私たちはこの町から北にある王都の出身。クランリーダーの【疾風】に憧れてここまで来た」

へー。

Aランクってすごいな。

「そういう冒険者は多いわけ？」

「…………まあ、誰かに憧れるというのもあるけど、冒険者は学がなくてもなれるし、流れ者も多い。嫌になったら別の町や国に行くでしょ」

自由業なわけだ。

「なるほどねー」

「…………うん。そういうわけでほかの区は詳しくないけど、西区はわかるよ。主要な店とかを書いてあげる」

アリスはそう言うと、ペンで地図に店の名前とかを書きこんでいった。

地図で町というか西区を確認した後はアリスに簡単な術式を教えてやった。

だが、やはり霊力と魔力の違いからかアリスは術を使うことができなかった。

その後、しばらくアリスと話をしていると、ナタリアがご飯を持ってきてくれたのでAIちゃんを含めた四人で夕食を食べることにした。

「もさもさしているけど、悪くないな」

「これはパンという小麦が材料の主食ですよ。うん、美味しい」

「へー……肉料理も美味いな」

「ですねー」

俺とAIちゃんは満足しながらご飯を食べていく。

「お口に合ったのなら良かったよ」

ナタリアが嬉《うれ》しそうに笑う。

「うん、良かったわ。食事が合うなら問題ないな。正直、そこが不安だった」

飯が不味《まず》い世界だったら最悪だもん。

「…………逆にユウマの世界の食事が気になる」

アリスがパンをかじりながら言う。

「米と魚かなー？」

「…………普通だ」

「お米なら南に行けば、普通にあるよ」

稲作をやっているところもあるのか……。

「恋しくなったら南にでも行くかねー？　まあ、今はこれでいいけど」

パンも美味いわ。

「王都に行けば、売ってると思うよ。高いけど」

「…………たしかに売ってる。高いけど」

高いのか……。

まあ、輸送費もかかるだろうしな。

「儲かったら買ってみるか。問題は俺が料理できないことだな。ＡＩちゃん、できる？」

「インストールすればできます。料理人でもスキャンしましょう」

ん？

「スキャンってなんだ？」

「触れる必要がありますが、私は人の能力を探れます」

「もしかして、あのおっさんの足をバンバン叩いてたのはそれか？」

「そうです」

だからか……。

ＡＩちゃんが急に子供じみたことをするから変だと思った。

「どうだった？」

「情けないおっさんに見えましたが、相当な実力者です」

マジ？

あれが？

「そうなのか？」

俺はナタリアとアリスに聞く。

「うん。あの人、元Ａランクの冒険者だもん。四十歳になって引退したらしいけど」

「………というか、あのギルドのギルマスだよ。長ってこと」

そうだったのか……。

そういえば、あいつがＤランクの許可を出してたな。

「ジェフリーだっけ？」

「そうそう。ギルマスって呼ぶとガラじゃないからやめろって言うから、みんな名前で呼んでる」

ふーん……。

「まあ、今度会ったら改めて挨拶しておくか……おっさんなんて、失礼なことを言った」

立場ある人間にとる態度ではなかった。

「気にしないと思うけどね」

「………うん。ただの酒癖の悪い輩《やから》だよ。たまにその辺で寝てるし」

ダメな男だったわ。

「まあ、いいや。じゃあ、ＡＩちゃん、料理できそうな人を見つけたらスキャンして」

「わかりました……」

ＡＩちゃんはナタリアとアリスをじーっと見る。

「料理はできるけど、さすがにお米はわからない。料理屋でしか食べたことないし」

「………私もそんなもん」

この辺の人はあまり食べないんだろうな。

「気長でいいぞ」

「了解しました。なんにしてもまずは当面のお金稼ぎですね」

「そうなるな。明日、ギルドに行って、パメラに紹介してもらおう」

いい子だったし、きっと儲かる仕事を紹介してくれるだろう。

「あ、そうだ。明日、一緒に仕事をしない？」

ナタリアが誘ってきた。

「んー？　お前、Cランクだろ？　俺が受けるのはDランクだぞ」

「べつに毎回Cランクの仕事をするわけじゃないよ。あの盗賊狩りにしてもDランクだし」

あれでDランクか……。

「まあ、手伝ってくれるならありがたいな。俺、なにも知らないし」

「アリスはどうする？」

ナタリアがアリスにも確認する。

「…………ナタリアが行くなら行く」

この子たちって仲いいな。

「お前らって、王都の人間って言ってたな？　そこからの付き合いでパーティーを組んだのか？」

「そうだよ。幼馴染《おさななじみ》なんだ」

「…………家が隣だった」

なるほど。

それで一緒に冒険者か。

「そういえばですけど、お二人のパーティーってほかにいないんですか？」

ＡＩちゃんが聞く。

「あー、実は四人パーティーだったんだけど、一人抜けた」

「…………同じく幼馴染だったハリソン。酒場の女の子と良い仲になって王都に帰って家業を継ぐらしい」

結婚したわけね。

そりゃ、危険な仕事をするより、継ぐ家があるならそっちを継いだ方が堅実だ。

「もう一人は？」

「リリーって子だね。ちょっと出かけてる」

「…………弓を使うアーチャーなんだけど、弓が壊れたから実家に修理に戻っている。だから実は私たちのパーティーは機能していないのでお休み中」

なるほど。

だからＣランクパーティーなのにＤランクの仕事をしていたわけだ。

「見る限り、お二人は魔法使いに見えます。もう一人がアーチャーですよね？　それ、大丈夫なんです？」

言われてみれば、近接戦闘ができるやつがいないな。

たぶん、ハリソン君がその役目だったのだろう。

「そう。だからどうしようか考え中」

「……………うん。考え中」

二人はそう言いながら俺をじーっと見てくる。

「なんだ？」

「ううん。いいの。あ、パンのおかわりもあるよ」

ナタリアがテーブルの上に置いてあるパンが入ったカゴを俺の方に押した。

「……………水飲む？」

アリスが俺のコップに水を注いでくれる。

「悪いな」

気の利く優しい子たちだわ。

「若い頃のマスターは素直でいい人だったんですねー」

最初からそう言ってるだろ。

第五章 ― 仕事

ナタリアたちのクランの寮で一泊した俺は朝早くに目が覚めた。

「おはようございます、マスター」

目を覚ますと、ＡＩちゃんがベッドに肘を置き、覗《のぞ》き込んでいた。

「おはよう。お前、起きるのが早いな」

一緒の布団で寝たはずなんだが、いつの間にか先に起きている。

「マスターより先に起きないといけませんから」

「ふーん……そもそもなんだが、お前、寝る必要があるのか？」

スキルだし、式神だ。

「実を言うと、私は人工知能なのでインストールした情報を整理する必要があるのです。それが睡眠と同義です。さすがに今まではマスターの体調を考慮し、起きて見張りをする必要がありましたが、ここでは不要でしょう。ですので、一度、シャットダウンし、再起動しました」

言語インストールをしたのだが、言っている意味がよくわからない。

まあ、要は睡眠が必要ってことなんだろう。

「起きるか……飯は？」

「ナタリアさんにお願いしてきましょう。マスターも服を着てください」

俺は昨日、寝巻がなかったので全裸で寝た。

「その辺も買いに行かないとなー……」

「仕事が終わって収入を得たら生活用品を買いに行きましょう」

「そうだな」

ＡＩちゃんが朝食を催促しに部屋を出たので服を着ると、顔を洗うことにした。

俺は洗面台に行くと、蛇口を捻《ひね》って水を出し、顔を洗う。

ＡＩちゃんに教わったのだが、この世界は井戸から水を汲《く》まなくても簡単に水が出るのだ。

しかも、昨日の夜、浴槽があったので蛇口を捻ると、お湯まで出てきた。

俺は風呂が好きなのでこんなに簡単に湯に浸かれるのは非常に嬉《うれ》しかったし、旅の疲れが取れた気がした。

俺は朝風呂に入りたいなと思いつつ、顔を洗い終え、部屋に戻ってしばらく待つ。

すると、ＡＩちゃんが朝食を持ったナタリアとアリスを連れて戻ってきたので一緒に朝食を食べることにした。

そして、朝食を食べ終えると、クランの寮を出て、ギルドに向かう。

ギルドに着くと、かなり盛況なようで多くの冒険者が依頼票が貼ってある壁の前でわいわいと騒いでいた。

「多いなー……」

「朝はこんなものだよ。依頼の取り合いだね」

「…………邪魔」

二人も微妙に嫌そうな顔をしている。

「毎朝かー……そりゃ嫌だわな」

「まあね。私たちはちょっとあっちを見てくるよ。ユウマはパメラさんのところかな」

紹介を頼んだわけだしな。

「じゃあ、ちょっと行ってくるわ」

俺は依頼票を見にいくナタリアとアリスと別れ、ＡＩちゃんと共にパメラのもとに行く。

「よう、パメラ。おはよう」

「はい、おはようございます。本当に晴れましたね」

俺が挨拶をすると、パメラも挨拶を返してきた。

「俺の天気占いは外れないんだ」

「そうですか。ちなみに、明日は？」

「曇り時々晴れ」

「なるほど……ありがとうございます。さて、依頼ですね」

パメラはそう言うと、受付の下から紙を何枚か取り出す。

「どんなのがある？」

そう聞くと、パメラが紙を一枚一枚読みだす。

「えーっとですね、いろいろとあるんですが、これなんてどうでしょう？」

パメラが一枚の紙を俺に渡してきたので読んでみる。

【ビッグボアの討伐　金貨十枚】

討伐系か……。

「ビッグボアって？」

「大きな猪《いのしし》になります。巨体なうえ、鋭い牙で突進してくるので非常に危険です」

危ないなー。

「この世界ってそんなのがいるんだな」

「はい。魔物が多いです。ですが、ビッグボアは森の奥にいるような魔物でめったに町の近くには現れません」

「んー？　森の奥まで行けってことか？　俺、今日中に金が欲しいんだけど」

「いえ、実は町の近くで目撃情報が出ているんです。危険ですし、早めの討伐をお願いしたいのです。一種の緊急依頼ですね」

それを俺に回すのか……。

「早い者勝ちか？　一匹なわけだろ？」

「はい。ですが、これは依頼が出る前に私が先行してユウマさんに依頼をしています。昼までに仕留めていただければ問題ありません」

不正っぽい。

でも、ありがたい。

「なるほど。大きい猪程度ならすぐだろう。燃やしてやる」

「実はそこでもう一つお願いがあるんです。できたら燃やすのは避けてほしいのです」

「なんで？」

「ビッグボアは牙も毛皮も肉も売れるんですよ。ですからなるべく炭にするのは避けてください。もっとも、命がかかっていることですので無理にとは言いません。もちろん、素材分の料金は別途お支払いします」

あー……たしかに猪の肉って美味いしな。

「わかった。火魔法はやめよう。しかし、殺した後はどうすればいい？　放置するにしても腐るぞ」

血抜きがいるんだっけ？

俺は猟師ではないからその辺がわからない。

「そうですね。でしたらこれをどうぞ」

パメラは頷《うなず》くと、石を渡してくれる。

「なんだこれ？」

受け取った石をまじまじと見てみるが、ただの石だ。

「これは魔導石と呼ばれるものです」

「魔導石？」

「魔導石とは魔法を覚えることができる不思議な石ですね」

なにそれ!?

すごい！

「マジ？」

「マジです。これは空間魔法ですね。これを使えば、いろんなものを収納できます。これを使って、持って帰ってください。裏に解体施設がありますのでそこで職人さんたちに解体してもらいます」

この世界の魔法ってすごいな。

「これで空間魔法とやら覚えてもいいのか？」

「どうぞ」

パメラがニコッと笑う。

「この石って高くないか？」

「うーん、高いですね。でも、高いのは魔導石自体です。魔導石は専門の魔法使いが魔法を込めるんですが、一度使ったら空になり、また魔法を込めることができます。ですので、使った石は返してください」

使い捨てじゃないのか……。

「こういう商売ができそうだな」

「そういう商売ですね。難しい魔法は無理ですが、簡単な魔法ならこのようにすぐに覚えることができるんです。実際、空間魔法なら私も覚えていますし、ナタリアさんもアリスさんも覚えています」

あー……だからあいつら、泊まりがけの依頼だったのに小さいカバン程度の軽装だったのか。

「ちなみに、いくら？」

「空間魔法は金貨十枚くらいですかね？」

依頼料がなくなるがな……。

「素材料に期待か……」

「あ、いえ。お代は結構です」

「そうなのか？」

マジ？　無料？

「はい。先行投資のようなものです。ユウマさんは優秀そうですし、今後もこのギルドで頑張ってくれることを考えれば、安いものです」

いい人だなー。

『マスター、わかっていると思いますが、よその区に移籍するなってことですよ？』

ＡＩちゃんが脳内に直接声をかけてくる。

『どうでもいいだろ。どっちみち、動く気ないし』

『ナタリアさんもアリスさんもかわいらしいですし、この人も美人ですもんね。マスターは本当に愛が多いですねー。さすがです』

いや、縁を大事にしろって言ったのはお前だろ。

『どちらにせよ、今の状況ではフラフラできん。まずは足元を固めるところからだ』

寝床は見つけたが、金がないことには変わりない。

『まあ、そうですね』

俺だって、このパメラやナタリア、アリスが良くしてくれる意図はわかっている。

でも、べつにそこに悪意があるわけではないし、実際、助かっているのだからなにも問題はない。

「じゃあ、ありがたくもらうわ……しかし、俺が覚えられるのかね？」

「え？」

「いや、昨日、アリスに俺の術を教えたんだが、まったく使えなかった。この世界の魔法と俺の術は根本的に違うっぽい」

「あー、そういえば、昨日の水晶も反応しませんでしたね。えーっと、どうしましょう？」

俺が聞きたい。

「マスター、私が使いましょう。私は昨日、ジェフリーさんの情報をインストールした際にこの世界の魔法の仕組みもインストールしています」

ＡＩちゃんが俺の服を引っ張りながら言う。

「そうなのか？」

「はい？　要は出力が違うだけでエネルギーは一緒です」

「じゃあ、俺も魔法を使えるのか？」

「出力を変えるのは大変な作業だと思います。この世界の言語を一から覚えるより大変です」

じゃあ、やらない。

ＡＩちゃんが使えるならそれでいい。

「面倒だわ。お前が覚えろ」

「それでいいと思います。私はマスターのスキル。私の力がマスターの力です」

そういやＡＩちゃんってスキルだったな。

人工知能らしいが、完全に意思を持ってる……。

謎なスキルだわ。

「じゃあ、はい」

俺はＡＩちゃんに魔導石を渡す。

すると、ＡＩちゃんは魔導石を強く握った。

「……インストール完了」

ＡＩちゃんはそう言うと、魔導石を受付に置く。

「もう覚えたのか？」

「はい。ばっちりです」

こんなに簡単なのか……。

「じゃあ、これを収納してみて」

俺は懐から護符を取り出し、ＡＩちゃんに渡す。

すると、すぐにＡＩちゃんの小さな手から護符が消えた。

「出してみて」

俺がそう言うと、ＡＩちゃんの手に護符が現れる。

「すごいな……」

「泥棒ができそうです」

本当だわ。

「たぶん、ユウマさんがいた世界でも同じでしょうが、泥棒は犯罪ですからねー」

そりゃそうだろ。

俺はAIちゃんが空間魔法を覚えたので、依頼を受注したので依頼票を見ているナタリアとアリスのもとに向かう。

依頼票の前にはまだ人がいるものの、来た時よりかは人数が減っていた。

「どうだ？」

二人に近づくと、声をかける。

「良いのは取られてる」

「………ロクなのがない」

女子二人にあの人ごみは無理か。

「お前ら、普段はどうしているんだ？」

「私たちはCランクパーティーでそこそこ上の方だから普段は仕事が被らないんだよ」

「………冒険者はDランクがいちばん多いからね。でも、今の私たちは二人だし、Dランクの仕事くらいしか受けられない。そうなると、ロクな仕事が残っていない。この前の盗賊狩りも良い仕事ではない」

　ハリソン君が抜け、リリーとやらがいないいんだもんな。

「あの仕事って良い仕事じゃなかったのか？　あんな雑魚で金貨二十枚ならいいと思ったが」

「遠いからねー。泊まりは危険だし、盗賊はたまに兵士や傭兵崩れとかいるから怖いんだよ」

「………あの盗賊は弱かったけど、できたら強さがわかっている魔物の方が良い。素材を売れるから追加報酬が出るし」

　人相手は割に合わないわけか。

「じゃあ、暇だな。ビッグボアの討伐依頼を受けたから手伝ってくれ。まず、このチリル平原ってどこだ？」

　俺はパメラからもらった落書きみたいな地図を見せる。

「西門を出て、ちょっと行ったところだね。森の前だと思う……ん？　ビッグボア？」

「………なんでそんなものがチリル平原に？」

　知らない。

「緊急依頼を先んじて回してもらった。でも、昼になると争奪戦になりそうだから早く行った方が良いっぽい」

「そりゃそうだろうねー……西区はもちろんだけど、ビッグボアならよその区の冒険者も出張ってくるよ」

「………というか、Cランクの仕事だと思う」

パメラは相当、職権乱用してるな。

「ありがたいことだ。今度、奢《おご》ってやろう。そういうわけで案内してくれ」

「うん、わかった」

「………牙とか毛皮はいらないけど、肉は分けてね。今日の晩御飯にする」

それは良い考えだ。

牡丹《ぼたん》鍋を食べたいわ。

鍋があるか知らんが。

「じゃあ、さっさと行こう。俺は午後から買い物とかにも行きたいんだ」

「わかった。じゃあ、ついてきて」

ナタリアが笑顔で頷く。

「………れっつごー」

「ごー」

チビ二人が手を上げた姿は非常に可愛らしい。

俺はそんな二人に満足しながらギルドを出ると、ナタリアに案内され、門まで行く。

門は昨日、俺たちが通った場所でどうやらここが西門のようだった。

「馬車は？」

「そこまで遠くないから歩きだね。馬車も高いんだよ」

「……………私たちは誰も馬車を操れないから自動で動く賢い馬を使わないといけない。当然、高い」

この世界の馬は頭が良いと思ったが、個体によるらしい。

「乗れる式神もいるんだが、やめた方が良いだろうな……」

「そうなの？　どんなやつ？」

「……………気になる」

二人が食いついた。

「でっかいムカデかでっかい蜘蛛《くも》かでっかい蜂」

「私はなにも聞かなかった……」

「……………乗りたくない」

ほらね。

虫は女子受けしないもん。

俺と弟は子供の頃に虫取りをして、キャッキャしてたが、妹はドン引きしてた記憶がある。

なお、捕まえた虫を母上に見せたら『親孝行じゃのう』と言いながら俺たちが捕まえた虫を取り上げ、そのまま食った。

泣いた。

「私が背負いましょうか？」

ＡＩちゃんがそう言うと、俺たちは無言でＡＩちゃんを見る。

「能力的にはできるだろうが、嫌。きっついわ」

「ひどい絵面ね」

「…………小さい私でもきついと思う」

だろうな。

「歩こう。ＡＩちゃん、チリル平原とやらの地図を描いてよ」

「わかりました」

ＡＩちゃんが頷くと、紙とペンを取り出した。

「今日も描くんだ。あー……いるね」

「…………ホントだ。いつの間に」

ナタリアとアリスが上を見上げると、カラスちゃんが上空を飛んでいた。

「クランの寮を出た時からついてきてるぞ」

「これ、怖い気がする。こっちの行動が筒抜けじゃん」

「………ストーカー」

偵察用だからなー。

まあ、本当に追跡しようと思ったら見つけにくい小さな虫を服とかに付けることもできるんだが、言わないようにしておこう。

たぶん、引かれる。

「そんなことには使わないから安心しろ」

「まあ、上を見上げればわかるしね。あんな鳥、見たことないし」

「………真っ黒で目立つしね」

どうやらこの世界にはカラスがいないらしい。

「じゃあ、行こうか」

俺たちは門を抜け、ビッグボア狩りに向け、出発した。


門を抜け、しばらく歩いていると、前方に森が見えてきた。

「あー、疲れた」

歩くのはしんどいわ。

「………おじいちゃん、大丈夫？」

アリスが冗談めいて、笑いながら聞いてくる。

「体力的には問題ないんだけど、暑いわ」

太陽が憎い。

「……………なんでそんな真っ黒な服なの？　熱を吸収して暑いでしょ。しかも、長そで長ズボン」

袴《はかま》はズボンではないがな。

「俺が祓う妖《あやかし》なんかは夜に出るんだよ。だから暑くなかった」

昼間は寝てるか、書きものの仕事だ。

「……………冷やす魔法をかけてあげる」

アリスがそう言って杖を向けてくると、身体がひんやりし始めた。

「おー、すごい。涼しい」

「ヒールもかけてあげるよ」

今度はナタリアが杖を向けてくると、わずかに感じていた疲労感が抜け、それとともにずっと重かった頭が軽くなっていく。

「お前らの魔法ってすごいな」

こりゃいいわ。

「ユウマの魔法の方がすごいと思うけど、特化しすぎなんだね」

「……………いろんな魔法を覚えた方がいいよ」

まあ、そうなんだろうなー。

「お前らってどういう魔法が使えるんだ？」

「いろいろ使えるよ。仕事の報酬は先行投資ってことで魔法を買ってたしね。でも、回復魔法が得意かな」

回復魔法……。

さっきのか。

「回復魔法はいいな。マジで回復した。お前は？」

今度はアリスを見る。

「……私もナタリアと変わらないよ。どちらかと言えば、ナタリアとのバランスを取って、攻撃魔法に重点を置いている」

パーティーだもんな。

そういう風にバランスを考えて魔法を覚えていったわけだ。

「こんな便利なら魔法使いって多いのか？」

「いや、そんなことはないよ。たしかに魔導石を使えば、簡単に魔法が覚えられるけど、魔力が少ない人は無理だからね」

「……魔力の量は生まれつき決まっている」

生まれつき決まっている？

「そうなのか？　霊力を上げるためにいろんなことをしてきたが……」

ＡＩちゃんいわく、出力が違うだけで魔力も霊力も同じエネルギーらしいし、上げられると思う。

「上げられるの？」

「……………教えて」

教えてもいいが、こいつら、ムカデとか蜘蛛みたいな毒虫を食べるかな？

食べないよなー……。

「精神統一だな。自分の身体の中にある霊力……お前らは魔力か。それを大きくするように想像するんだ。寝る前にでもやりな。あと、特別な薬があるから夜にでもやろう」

原型をなくしたらこいつらでも食えるだろ。

後で調合して、団子にでもして食わせてやろう。

『鬼ですねー……』

ＡＩちゃんが一心不乱に地図を描きながら念話でつぶやく。

「そういうのがあるの？　じゃあ、やってみようかな」

「…………お薬は苦手だけど、我慢する」

罪悪感を覚えないかと言えば、嘘《うそ》になるが、こいつらだって、もっと上に行きたいだろう。

うんうん。

俺たちはそのまま進んでいき、のどかな平原を話しながら歩いていったのだが、前方に何かを見つけ、同時に足を止めた。

俺たちの視線の先にある森の手前には、地面に鼻先をつけながらゆっくりと歩く大きな猪がいた。

「あれか……でかいな、おい」

俺の世界にいた猪の三倍以上はある。

下手をすると、もっとだ。

「私もあんなに大きいビッグボアは初めて見た。あんなの森の奥でも見ないよ」

「……………緊急依頼が出るわけだね」

二人も見たことがないサイズらしい。

なお、ＡＩちゃんはビッグボアには見向きもせずにただただ地図を描いていた。

「パメラに燃やすなって言われたし、肉のことを考えると、毒や呪いもないな」

俺は問題ないが、売り物にしたり、こいつらが食べることを考えると、毒や呪いはマズい。

「どうするの？」

「…………私がエアカッターで足を切ろうか？　もしくは、エアハンマーで攻撃する？」

う～ん……。

毛皮も売れるらしい、あまり傷は付けたくないな。

「アリス、あれをこっちに呼べるか？」

「………石でも投げれば襲ってくるよ。警戒心が強い魔物だけど、好戦的でもあるし」

「石か……」

俺はアリスに言われたとおり、その辺に落ちている石を拾うと、猪に向かって投げてみる。

すると、石は放物線を描き、地面に鼻先をつけていたビッグボアの背中に当たった。

ビッグボアは頭を上げると、周囲を見渡し、俺たちの方を向いて止まった。

「もう一回投げてみるか」

俺はまたもやその辺に落ちている石を拾うと、ビッグボアに向かって投げようとする。

すると、ビッグボアは俺が石を投げる前にものすごい勢いで突っ込んできた。

「ど、ど、どうするの⁉　もちろんだけど、あんな突進を食らったら死んじゃうよ⁉」

「………撃っていい？」

ナタリアはあたふたし、アリスはいつもの眠そうな半目のまま杖をかかげた。

「待ってろ」

俺はそう言いながら指を猪の足元に向けた。

そして、タイミングを見計らいながら待つ。

「早くー！　早くー！」

「………ナタリア、揺らさないで」

ナタリアはアリスの両肩を掴《つか》みながら激しく揺すっている。

「まあ、待てと言うに……行くぞー……三、二、一、地獄沼！」

俺が術を使うと、突進してくるビッグボアの周囲の地面が沼に変わった。

そして、ビッグボアは突っ込んできた勢いのまま、沼に沈み、暴れている。

だが、暴れれば暴れるほど沈んでいった。

「無理無理。そこからは抜けられん」

ビッグボアはもがき、なんとか脱出しようとしているが、十メートル四方は沼になっているのでどうしようもなく、沈んでいった。

「怖っ……」

「………どうしてもやられたことを考えてしまう」

人には使わんわ。

あれは大きい妖の足を奪うための術だ。

「窒息するまでしばらく待とう」

あそこまででかいとなかなか死なんだろうな。

「戦いにすらならなかったね……こんな簡単にCランク級の仕事をこなしたのは初めてだわ」

「………ナタリアはなにもしてないのに大騒ぎだったけどね」

たしかに大騒ぎだった。

涙目だったし。

俺たちが敷物を置き、腰を下ろしながら待っていると、ビッグボアが沼から浮いてきた。

「あ、浮くんだ」

「………死んだのかな？」

どうだろう？

「敵性反応が消滅しました。ビッグボアは死亡したと思われます」

すでに地図を描き終えているＡＩちゃんが教えてくれる。

「ＡＩちゃん、回収してきて」

「わかりました。カラスちゃーん！」

ＡＩちゃんは頷くと上空のカラスちゃんを呼ぶ。

すると、カラスちゃんはすぐに降りてきて、ＡＩちゃんの肩にとまった。

「カラスちゃん、あそこまで連れていって」

「……カー」

カラスちゃんは心なしか嫌そうだが、ＡＩちゃんを掴むと、一所懸命羽ばたき、ＡＩちゃんを浮かす。

そして、ビッグボアのところまで行くと、ＡＩちゃんが宙に浮きながらビッグボアに触れた。

すると、ビッグボアが消えたので術を解き、沼をさっきまでの地面に戻す。

「もういいぞー」

俺がそう言うと、カラスちゃんはゆっくりＡＩちゃんを地面に下ろし、ＡＩちゃんの肩にとまった。

カラスちゃんは普通にとまっているだけだが、何故か、ものすごく疲れているように見えてしまう。

「よし、終わった。帰るぞ」

俺がそう言って立ち上がると、ナタリアとアリスも立ち上がる。

「あ、うん」

「…………なにもしてない」

「案内してくれたし、魔法をかけてくれただろう。それで十分」

というか、突っ込むしか脳のない猪程度ならこんなもんだろう。

「う、うん」

「…………まあいいか。さっさと帰って猪肉を食べよう」

俺たちは帰ることにし、引き返していく。

　すると、道中にいくつかの冒険者グループとすれ違った。

「緊急依頼が出て、ビッグボアを狩りに行くやつらか？」

「たぶんそう。もう昼くらいだし、ちょっと早いと思うけど、動きの早いクランやパーティーは動き出すと思う」

「………西区の冒険者じゃなかったね」

　争奪戦なわけだ。

　もう獲物はいないけど。

「ＡＩちゃん、地図を見せて」

　ＡＩちゃんに頼むと、ＡＩちゃんが空間魔法から地図を取り出し、見せてくれる。

　その地図は相変わらず精巧であり、パメラからもらった落書きと比べると、雲泥の差だった。

「現在の位置はここですね。ビッグボアがいたのはここです」

　ＡＩちゃんが指差しながら教えてくれる。

「こうやって見ると、わかりやすいな」

　西門の西は平原であり、その先が深い森となっている。

「私たちが転生した森はここより南になると思います」

　俺たちは南からやってきて、南門を迂回《うかい》して西門に入ったのだろう。

「本当にすごい地図だね」

「………カラスちゃんがいたら森で迷子になることもないだろうね」

ナタリアとアリスがそう言うと、カラスちゃんは少し誇らしげだ。

なんかこいつまで意思を持っているような気がしてきた。

AIちゃんの影響だろうか？

俺はカラスちゃんはともかく、大蜘蛛ちゃんや大ムカデちゃんは意思を持たれたら嫌だなーと思いながら町へと戻っていった。

町に戻ると、門をくぐり、ギルドに向かう。

ギルドに着いた頃は昼を過ぎたあたりになっているせいかほかの冒険者の姿は見えない。

「あれ？　もう終わったんですか？」

ギルドに入ってきた俺たちに気づいたパメラが声をかけてきた。

「あの程度はすぐだ。それにしても帰りに結構な数の冒険者とすれ違ったぞ」

受付に近づきながら答える。

「昼に掲示することになってたんだけど、よそのギルドは早めに掲示したらしいんですよ。まあ、たまにあることなんです。住民の安全のためって言われたら文句も言いづらいし」

いや、困ったわーって顔をしているが、俺はお前から朝、聞いたぞ。

そして、同じ言い訳をするんだろうが。

「ふーん……無駄足を踏ませてしまって悪いな……」

「いいの、いいの。そもそもウチのギルドには掲示してないし、よそのギルドのことなんか知らないです」

仲が悪いなー……。

「まあいいや。AIちゃんが収納しているが、どうする？　裏の解体場だったっけ？」

「そうですね。ついてきてください」

パメラはそう言って立ち上がると、受付から出てきた。

そして、扉に向かって歩いていったので俺たちも続く。

「外か……」

「依頼とは関係なく、解体を頼む人もいますからね。有料だけど」

解体屋さんか……。

魚も捌《さば》けない俺は活用するかもしれない。

俺たちがギルドの裏に回ると、大きな建物があった。

パメラがそのまま建物に入っていったのであとに続くと、建物の中は一つの大きな部屋となっており、あちこちで職人らしき人たちがさまざまなものを解体していた。

「バートさん！」

パメラが大きな声を出すと、奥で指示を出していたおっさんがこちらを向いた。

「なんだ？　新しい仕事か？」

バートと呼ばれた男がそう言いながら近づいてくる。

「ほら、例のビッグボア。こちらのユウマさんが仕留めたの」

パメラが俺を紹介する。

すると、おっさんがジロジロと俺を見てきた。

「見たことねーな。ルーキーか？」

「ええ。昨日、この町にやってきて冒険者になったの。転生者さんよ」

「なるほどなー……それで早速、粉をかけてるのか？」

バートがナタリアとアリスを見ながら笑う。

「違うよー」

「………違うよー」

棒読みだし。

「ふん。まあ、ハリソンの坊主が抜けたんだし、いいんじゃねーの？」

「だから違うってー」

「………違うよー」

このやり取り、まだやるのかね？

「お前らの思惑なんかどうでもいいから出してもいいか？　俺は午後から買い物に行かないといけないんだ」

「せっかちな兄ちゃんだな」

「一文無しなんだよ。むしろ、ナタリアに借金まであるんだ」

　金貨一枚だけど。

「あー、昨日、冒険者になったばっかりって言ってたな。いいぞ。出してくれ」

「ＡＩちゃん、お願い」

「わかりました」

　ＡＩちゃんが頷くと、手を掲げた。

　すると、なにもないところに巨大な猪が現れる。

「おー！　すげー！　このサイズはなかなか見ないぞ！　しかし、汚いな……泥か？」

　たしかに汚い……。

　洗ってくれれば良かったな……。

「泥に沈めて窒息死させたんだ。洗ってくれればいい」

「なるほどな。ということは傷はなしか？」

「ないな。あっても最初からあったやつだろう」

　俺は攻撃していないが、それより前に傷ついているかもしれない。

「ふーむ……まあ、洗って解体してみないことにはわからんな。夕方くらいに来い。それまでに解体して、料金を決めておく。全部買い取りでいいか？」

「肉はちょっともらうが、あとは買取でいい」

牙も毛皮もいらない。

「了解。じゃあ、夕方な」

「わかった。パメラ、討伐料金をくれ。買い物に行く」

パメラに向かって、手を差し出す。

すると、パメラがどこからともなく取りだした金貨十枚を渡してくれる。

「おめでとうございます。ユウマさんはこれでCランクです」

ん？

「いくらなんでも早くないか？」

昨日の今日だぞ。

「いえいえ、そんなことないですよ。これほどのビッグボアを仕留めることができる冒険者をDランクにしておくことはできません」

パメラはニコニコと笑いながら言う。

「…………ユウマ、ユウマ」

アリスが袖を引っ張ってきた。

「なんだ？」

俺がそう聞くと、アリスが手招きをしてきたので顔を近づける。

「………ビッグボアの討伐は普通、Ｃランクの依頼。だからユウマがＤランクだとマズいんだと思う」

アリスが耳打ちで教えてくれる。

どうやら無理やりこの依頼を俺にくれたらしい。

たぶん、後でいろいろと書類の操作をするんだろう。

「パメラって不正ばっかりだな」

かわいい顔してひどいやつだ。

「………許容範囲。ほかはもっとひどいところもある」

よその区と仲が悪いせいでダメな方で競争になっているんだろうな。

「まあいいや。買い物に行くわ。お前らはどうする？　付き合うか？」

「訳《やく》、俺はこの世界のことを知らんから手伝え」

ＡＩちゃんが補足してくれる。

「あ、うん。付き合うよ」

「………まあ、暇だしね」

二人が了承してくれたので四人で買い物に行くことにした。

買い物は主に俺とＡＩちゃんの生活用品だったが、町に長くいるナタリアとアリスが案内してくれたうえに、値切り交渉までしてくれたからかなりの量を買ったが、安く抑えることができた。

俺は値切りどころか物を買うこと自体があまりなかったため、非常にありがたかった。

俺たちはある程度の物を購入すると、最後に家具屋にやってきた。

「マスター、やはり靴を家で履く生活は落ち着きませんし、このカーペットを買って敷きませんか？」

ＡＩちゃんがふかふか素材の敷物を指差しながら提案する。

「それがいいな。ついでに机も買おう。あの部屋にある机は高すぎる」

椅子に座るより、床の方がいい。

そのまま寝られるし。

「そうですね。床に座るのなら机は低い方がいいでしょう。これとかどうです？」

「いいじゃないか？　あの部屋の広さ的にそんなもんだろう」

「じゃあ、これも買いましょう」

俺がＡＩちゃんのおすすめする敷物と机を買うと、ＡＩちゃんが空間魔法でしまってくれた。

「どうした？」

ナタリアとアリスが俺のことをじーっと見ていたので聞いてみる。

「ううん、なんでもない」

「………良い買い物をしたね」

二人がニコッと笑ったのを見て、なんだろうと思ったが、ナタリアに金を返していないことを思い出した。

「あ、そうだ。ナタリア、金貨一枚な。助かったわ」

ナタリアに借りていた金を返す。

「うん。べつに今じゃなくてもいいよ。お金がなくなっちゃうじゃん」

かなり買ったのでもう銅貨が数枚しか残っていない。

「素材を売った金が入るし、また明日稼げばいいだろ」

「それもそうか。どうする？　もう夕方だけど、戻ってみる？」

「そうだな。行ってみよう」

俺たちは買い物を終えると、ギルド裏の解体屋に戻ることにした。

解体屋に戻ると、職人たちが大声を出しながら動いており、忙しそうだった。

「夕方はみんなが持ち寄るから忙しいんだよ」

俺がどうしようかなーと思いながら見渡していると、ナタリアが教えてくれる。

「明日にするか？」

「……晩御飯をもらわないとダメ。バートー……」

アリスがバートを呼ぶが、あまりにも声が小さいため、周囲の音でかき消えていた。

「おーいー、バートー！」

アリスではダメだと思い、俺が声をかけた。

すると、奥で作業をしていたバートが顔を上げ、こちらにやってくる。

「なんだ……戻ってきてたのか」

「買い物が終わったんでな。作業は？」

「ああ、終わっている。肉以外は買取だったな？　肉はどれくらいいるんだ？」

俺一人なそこまでいらないが……。

チラッとナタリアとアリスを見ると、期待している目で見ている。

「うーん……お前らのクランって何人いるんだ？」

「ウチ？　全員で二十二人かな？　半数は出かけているから今は十人ちょっとだと思う」

「………うん、そのくらい。仕事だったり、リリーみたいに実家に帰っている」

そんなもんか……。

「せっかくだし、そいつらにもやった方が良いかな？」

ＡＩちゃんに聞いてみる。

「いいと思います。引っ越し祝いです」

挨拶は大事だしな。

「あ、やっぱり居着く気だ」

「…………うすうす勘付いてたけど、完全に居座る気だね。家具も買ってたし」

風呂もあるし、居心地がいいんだもん。

しかも、料理まで出てくる。

「私たち、仲間じゃないですか」

「ちゃんとお前らを導いてやるからな。Aランクも夢ではないぞ」

俺ならできる。

「あ、こっちが勧誘する前に仲間にされた」

「…………しかも、新参のルーキーのくせにリーダーになる気だ」

二人が呆《あき》れる。

「ん？　あなたたちは如月《きさらぎ》家当主にして、偉大なる金狐《きんこ》様の子であらせられるマスターに下につけと？」

もう当主じゃないけどな。

「いや、まあいいよ。でも、リリーに相談してからね」

「…………おじいちゃんは年長者だしね」

おじいちゃん言うな

「バート、そういうわけだから十人分の肉をくれ。あとは買取」

「わかった。金貨二十四枚だな。パメラから受け取れ」

討伐料より高いし……。

あんなに冒険者が殺到したのはこのためか。

「ん。ナタリア、アリス、肉を受け取ったら先に帰って、ほかの連中にやってくれ」

「いいよ。料理を作ってくれているクライヴさんに渡しておく」

「……………リーダーはどうするの？」

アリスが聞いてくる。

「俺はパメラに金を受け取ったあと、ちょっと用事がある。とはいえ、すぐに帰る」

俺はこいつらのリーダーとして、こいつらを強くしなければならない。

だからAIちゃんと虫取りだ
「…………わかった。じゃあ、先に帰ってるね」

俺とAIちゃんはこの場を二人に任せ、ギルドへと向かった。

ギルドに戻り、パメラから料金を受け取った俺たちはギルドを出ると、周辺の家の裏で虫を取り、昼に買った麻袋に入れていた。

「マスター、あまり数を取っても毒への耐性がないお二人は食べられませんよ」

「それもそうか……」

少しずつ慣れさせるべきだな。

「そっちはいい感じの虫が取れたか？」

「ムカデは見つかりませんでしたが、蜘蛛は数匹捕まえました」

「まあ、そんなもんか。くれ」

俺はＡＩちゃんから麻袋を受け取ると、術をかけた。

「それはなんですか？」

ＡＩちゃんが聞いてくる。

「蠱毒《こどく》の術。毒虫同士を最後の一匹になるまで共食いをさせる。これにより、強力な毒虫が完成するからこれを食わせよう」

いっぱい食わせるよりマシだろ。

「それ、大丈夫なんですか？　マスターは半分妖怪ですし、幼少の頃から鍛えてきたから問題ないでしょうが、あの二人は普通の人間ですよ？」

「まあ、数匹だからたいしたことはないし、それに毒は必ずしも悪いものではない。あと、俺が失敗するわけない」

呪いに近い術だが、得意なのだ。

「まあ、マスターがそう言うならそうなんでしょうかね？」

「そうなんだよ。じゃあ、帰るぞ。帰る頃には術も終わっているだろうから加工しないといけない」

すりつぶして、見た目を誤魔化さないと。

「そうですね。虫を生で食べるのはお母様だけですし」

「しゃーない。あの人、狐だもん」

子供の頃に俺が捕まえたカブトムシを食べたのは絶対に許さないがな。

俺たちは用事を終えたので自宅と化したクランの寮の部屋に戻ると、掃除をし、買った家具を設置していった。

そして、毒虫をすりつぶし、わからないように丸薬にしたところでナタリアがアリスと一緒に夕食を持ってきてくれたので食べることにした。

「うーん、美味いな」

猪肉を焼いたやつを食べてみたが、臭みもなく美味しい。

「ビッグボアは普通の猪より美味しいからね。みんな、感謝してたよ」

「…………だね」

喜んでくれたのなら良かった。

「全然会わないが、本当にいるのか？」

「みんな、朝早いしねー。まあ、そのうち会うでしょ」

そんなもんか……。

「……それよりも本当に床に座るんだ」

ナタリアとアリスは俺やＡＩちゃんと同じように床に座って、夕食を食べている。

「こっちの方が落ち着くんだ」

生まれてからほとんどこれだし。

「わからないでもないけど、足が痺《しび》れそうだね」

「……ご飯を食べ終えたらそのまま横になって寝そう」

どうでもいいけど、こいつら、なんで自分の部屋で食べないんだろう？

「あー、美味しかった」

「……うん。満足」

俺も美味かった。

「お前らに特別なデザートがあるぞ」

俺は小さな丸薬を二つ取り出し、机に置く。

もちろん、例のやつ。

「なにこれ？」

「……もしかして、魔力を上げるための特別な薬？」

「そうそう。味わわずに水で流し込め」

魔力とやらを上げたまえ。

「全然、デザートじゃないじゃん」

「…………まあ、お薬だからね」

二人はそう言いながらも丸薬を手に取り、水で流し込んだ。

「毎日、作ってやるからなー」

「こっちの世界に来たばっかりなのによく作れるね」

「…………そういえば、材料はなに？」

言えない。

「これは如月一族の秘密だから言うことはできない」

嘘。

だって、怒るもん。

「まあ、魔力を上げられる薬なんて簡単には言えないよね」

「…………それでお金儲けできそう。魔法使いはみんな買うよ」

バレたら世界中の魔法使いに恨まれるから嫌だ。

「これは特別なんだ」

「ふーん……ありがとう」

「…………リーダー万歳」

いやー……墓場まで持っていこう。

こいつらの嬉しそうな顔と感謝の言葉で心が痛い。

「それでさー、話は変わるんだけど、冒険者って今日みたいな仕事をするってことでいいのか？」

「まあ、大体はね。私たちは旅をする冒険者じゃなくて、町に滞在する冒険者だからこんな感じだよ」

「……遠出はあまりしない。最長でも三、四日」

女の旅は危険だろうし、そんなもんか。

「マスター、その辺を留意する必要がありますよ」

ＡＩちゃんが忠告してきた。

「大丈夫。俺は気遣いができる人間なんだ」

「さすがは当主様ですね」

まあ、当主の時の記憶はほぼないんだけどな。

「あの、本当にリーダーをやるの？　というか、やりたいの？」

「不満ですか？」

ＡＩちゃんがナタリアをちょっと睨《にら》む。

「いや、リーダーなんて責任ばっかりでやりたがる人間が珍しくてさ」

「………私たち的には男の人がリーダーをやってくれた方がありがたいんだけどね」

女が頭になると、やっかみを受けることが多い。

こっちの世界でもそういうのがあるんだな。

「気にするな。俺がちゃんとお前らをAランクにしてやる」

「あ、うん」

「………どうも。でも、リリーがいないから勝手に決められないんで待ってね。というわけで仮リーダー」

そういえば、リリーとかいうのがいるんだっけ。

「そのリリーって子はいつ帰ってくるんだ？」

「さあ？　実家に帰ったからねー。距離的にはもう帰ってきてもいい頃だけど、久しぶりに帰るみたいだし、ゆっくりするかもしれない」

「………経緯を言うと、唯一の前衛であるハリソンが抜けた時にパーティーが維持できなくなったから代わりを探すまでは長期休暇にしようってことになったんだよ。リリーは内気なくせにうるさい子だから勧誘は無理そうだし、リリーが実家に帰っている間に私たちが探すからゆっくりしておいでって言ってあるんだ。それが一ヶ月前の出来事」

なるほど、なるほど。

「それで今まで良い感じの人がいなかったわけ？」

一ヶ月経っているのに二人ということはそういうことだろう。

「女子三人は難しいんだよ。欲しいのは前衛ができる男の人だけど、女子目当ての人ばっかり。そうじゃなくても、女子三人で男の人一人だと気まずいでしょうし」

ハリソン君の場合は幼馴染《おさななじみ》だったから良かったんだな。

「そういうことならこのマスターがおすすめです。気まずいと思うことなんてありませんし、女子供に優しい紳士です。しかも、長年一族をまとめあげ、多くの人から信頼されてきた国の重鎮です。玉に瑕《きず》なのは気づいたら三人のお腹がぽっこりになっているかもしれないことですね」

それ、致命的じゃない？

「それのどこが紳士なの？」

「………女たらしにしか聞こえない」

俺もそう思う。

「大丈夫！　十二人を養った実績はあります！」

「三十人以上の子供だっけ？　楽しそうだね」

「………ちょっと見てみたい」

俺も家でどんな感じだったのか気になってきた。

「ＡＩちゃん、俺の今回の人生はそうはならんから俺を女好きみたいに言うのをやめろ」

「マスター、三つ子の魂百までという……」

うるさいな。

「もういいから。とにかく、明日もギルドで仕事を受けるでいいな？」

不当な評価をするＡＩちゃんを止め、ナタリアとアリスに確認する。

「いいんじゃない？」

「………明日も良い依頼があるかな？」

「パメラにいい仕事があったらこっそり回してくれるように言っておいたから大丈夫」

いいですよーって言ってた。

良いやつ。

「いつの間に……」

「………パメラもユウマをよそに取られたくなくて必死だ」

俺はありがたいが、なにか悪い気がするな。

「今度、飯でも奢ってやるか……」

金に余裕ができたら高い飯を奢ってやろう。

こういうのは持ちつ持たれつなのだ。

「あ、今、奥さんが十二人もいた片鱗《へんりん》が見えた」

「………手口がわかったね。自然に誘うんだ」

違うっての。

SIDE ナタリア

夕食を食べ終え、明日の予定を決めた後、部屋に戻り、お風呂に入った。

そして、本を読んでいると、部屋にノックの音が響く。

「はーい？」

まさかユウマじゃないよね？

『私だ。ナタリア、ちょっといいか？』

この声はクランリーダーのレイラさんだ。

「大丈夫ですよ」

私がそう言うと、扉が開かれ、レイラさんが部屋に入ってきた。

「こんな時間にすまんな」

レイラさんが謝罪してくる。

「いえ……戻ったんですね」

レイラさんは数日前から仕事で町を出ていたのだ。

「ああ、さっきな。それでちょっとお前に話を聞きたいんだが、少しいいか？」

「大丈夫ですよ。あ、どうぞ」

椅子に座るように勧めると、レイラさんが椅子に座った。

「ふぅ……それで確認したいことがあるんだが、お前らがハリソンの代わりを見つけたというのは本当か？」

あ、ユウマのことだ。

「はい。依頼中にたまたま会った転生者さんです」

「そうか……実は依頼報告時にパメラに話を聞いてな。相当な使い手らしいな？」

あー……パメラさんが話したんだ。

「そうですね。奇妙な魔法を使いますし、剣術の腕もかなりのものでした」

剣というか紙だったけど。

「ふむ……危険はないか？」

「あー……うーん……」

どうかな？

「どうした？　なにかあるのか？」

「いえ、とてもいい人ですよ。気を遣ってくれますし」

「ふーん……でも、なにかあるんだろ？」

「ええ……まあ。まずですけど、転生前は相当な名家の当主だったみたいです。言葉遣いがかなり上から目線ですね」

本人に悪気はないんだろうが、偉そうだ。

「貴族か……ほかには？」

「えーっと、奥さんが十二人もいたらしいです」

「……それはすごいな」

本当にすごい。

「九十九歳で亡くなったらしいんですけど、一緒にいるＡＩちゃんという子いわく、本人は二十歳だそうで記憶がないみたいです」

「ふーん……お前ら、大丈夫か？」

「たぶん……いい人ですし」

でも、ちょっと怖い。

「……本当に大丈夫か？」

「ちょっと不安かなー……あの人、たしかに紳士かもしれないですけど、強引なところがあるもんで……一泊だけのつもりで客室を貸したんですけど、乗っ取られました。もっと言うと、私たちのパーティーも乗っ取られそうです。すでにリーダーを名乗っています」

「……まあ、部屋は余っているし、好きにすればいいが……パーティーのことは私が言ってやろうか？」

言っても聞かないと思うな。

というか、ＡＩちゃんが文句を言うだろうな。

「いえ、どちらにせよ、勧誘しようと思っていましたし、いずれはリーダーもお願いしようとは思っていましたので大丈夫です」

アリスも言っていたが、やはりリーダーは男の人がいい。

「そうか……まあ、ウチは自由がモットーだから好きにすればいいが、問題はやめてくれよ」

問題があるとしたらそれこそお腹ポッコリだろうな。

恐ろしいのはあの人にはそういう女性に対する欲がまったく見えないことだ。

だけど、強引だし、自然に距離が縮んでいっている気がする。

「だ、大丈夫です」

「そ、そうか……アリスはどうだ？」

「アリスも問題ないと思います。ユウマを勧誘しようと言ってきたのはアリスですし」

盗賊討伐の仕事を終えた帰り道でこっそり提案された。

『ナタリア、ちょっと抱かれてきて』って言われた時は叩いたけど。

「ふーん、まあ、上手くやれそうならいいが……」

「会われます？」

「後だな。私は明日の早朝から王都に行かないといけないんだ」

やっぱり忙しいんだな。

「あの、ウチのクランの一員ってことでいいですかね？」

「まあ、いいんじゃないかな？　私はべつに指示せんし、好きにすればいい。というか、貴族は私の言うことを聞かないだろうし、お前らで上手くやってくれ。一応、戻ったら会って話は聞くつもりだ」

レイラさんのこのスタンスは楽でいいし、私たち的には助かっているんだが、ウチのクランが上に行けない原因でもある。

「わかりました。ユウマにもそう伝えておきます」

「ああ。ユウマという名でいいんだな？」

「はい。如月ユウマさんです」

私がそう言うと、レイラさんがビクッとした。

「如月？」

「はい。苗字が先にくる世界らしいですよ」

「そうか……如月……」

レイラさんが悩みだす。

「知っているんですか？」

「いや、ちょっとな……まあ、大体の話はわかった。私としては特に言うことはないから上手くやってくれ。パメラから聞いたが、ギルドとしては相当期待しているらしいし、ジェフリーも評価しているらしい」

やっぱりそうか。

あの優遇っぷりは異常だ。

「はい。いい人ですし、大丈夫だと思います。もっと上に行けるかもしれません」

魔力が上がるかもしれないし。

「そうか。頑張れ」

「……でも、子供ができたら引退です」

「あ、うん……」

どうなるんだろうねー？

真に怖いのはそうなってても受け入れてもいいかもと思っている自分が心のどこかにいることなのだ。

事実、部屋をノックされた時、ちょっとドキッとしたもん。

そして、たぶん、アリスもそう思っている。

アリスとは生まれた時からの付き合いだが、あの子が男の人にあんなに懐くのは初めて見たのだ。

第六章　調査

「マスター、マスター、起きてくださーい」

誰かが寝ている俺の身体を後ろから揺らしている。

まあ、マスターって言っているし、ＡＩちゃんだろう。

「なんだー……？」

眠い……。

「いや、こっちを向いてくださいよー。絶対に目を開けてないでしょ。朝ですってー」

朝？

「嘘《うそ》つけ。めっちゃ眠いぞ」

「おじいちゃんは早起きでしたもんねー」

下手をすると、夜明け前に起きることもあった。

「これが若さかー……」

「はい、そうです。起きてくださいよー。見てほしいものがあるんです」

「んー？」

俺は目を開けると、寝返りを打ち、声がする方を向く。

すると、ＡＩちゃんがベッドに腕を置いてこちらを見ていた。

「どうです？」

ＡＩちゃんがそう言いながら頭の上にある獣耳《けもみみ》をぴょこぴょこと動かす。

「半妖化？　できるようになったのか？」

「はい。頑張りました」

うーん、たしかに霊力が上がっている。

「良かったな。尻尾は？」

「こんな感じです」

ＡＩちゃんがそう言って後ろを向くと、たしかに金色に輝く尻尾があった。

「母上に近づいたな。一つも嬉《うれ》しくないが、おめでとう」

「そんなにお母様が嫌いです？」

「嫌いじゃないが、幼女姿の母親を見て喜ぶ男はいねーよ……おやすみ」

スヤー……。

「寝ないでくださーい。お仕事に行くんでしょー」

「そうだな……ハァ……眠い」

そういえば、若い時はかなりの眠気が来るんだったな……。

「顔を洗ってください。朝ご飯を取ってきますので」

「その耳と尻尾はしまえよ」

「わかってますよ」

ＡＩちゃんは尻尾と獣耳《けもみみ》を引っ込ませると部屋を出ていった。

「起きるか……」

布団から出ると、洗面所に行き、顔を洗う。

そして、寝巻から服に着替えると、ＡＩちゃんが食事を持って戻ってきた。

何故か、今日もナタリアとアリスも一緒だ。

「お前ら、自分の部屋で食べないのか？」

机にパンや野菜を置いている二人に聞いてみる。

「なんで？　みんなで食べた方が美味しいじゃん」

「………普通はパーティーや仲間で食べるもの」

そういう文化なのかね？

俺は基本、家に帰って、家族と食べてた。

「ふーん……まあ、連携とかを考えれば親密度とかを上げた方が良いのかね？」

「う、うん。そうだね」

「………親密度」

こいつら、ちょこちょこ警戒するなー……。

「マスター、準備ができましたよ。食べましょう」

「そうだな」

俺の分はＡＩちゃんが準備をしてくれたので座って食事を始めた。

「今日もパメラさんが依頼を斡旋《あっせん》してくれるんだよね？」

ナタリアが野菜を食べながら聞いてくる。

「そういう話だな。お前らはどうするんだ？」

「私たちも手伝うよ。これから行ってもロクなのが残っていないし」

「……………もう諦めた。どう頑張っても私たちでは競争に勝てない。前はハリソンがやってくれた」

気の弱そうなナタリアとチビのアリスでは無理だろうな。

「俺がやってやろうか？」

男だし。

ほかの冒険者の男どもは俺より縦にも横にも大きいが、問題ないだろう。

「なんか怖いからやめて」

「……………死人が出そう」

出ねーよ。

「どちらにせよ、マスターはどの依頼が良いとかわからないでしょ。ここはやはりパメラさんにお願いする方が良いと思います」

「それもそうだな。パメラに任せるか……袖の下はいるか？」

「大丈夫じゃないですかね？　たまに心付けでもしてください」

そうするか……。

「袖の下ってなに？」

「……心付けって？」

ナタリアとアリスが聞いてくる。

「袖の下は賄賂《わいろ》です。心付けはチップです」

「あ、そう……」

「……どっちも同じような？」

二人が俺をじーっと見てくる。

「大事なことだぞ？　ああいうのはさっさと支配下に置くべきだ」

「昨日、食事に誘おうとしてたけど、そういうことだったんだね」

「……支配下っていう言葉が怖い。貴族様だ」

取引相手には心証をよくするのものだ。

実際、もらったこともあるし、将軍様や陛下に贈り物は欠かさなかった。

あと、寺にも寄付した。

「お前らだって世話になった人に感謝を示すだろ。それと同じ。そういうわけでお前らには俺の野菜をやろう」

皿に乗っている野菜を二人のもとに置く。

「サラダくらい食べなよ。好き嫌いは良くないよ？」

「…………大きくなれないよ？」

「じゃあ、お前は好き嫌いが多いんだな」

チビじゃん。

「…………チビって言われた」

言ってはねーよ。

言っては……。

「マスター、ドレッシングをかけると美味しいですよ。それにこのサラダは苦くないです」

「ふーん……じゃあ、食べるか」

ＡＩちゃんに勧められたとおりに謎のタレをかけると、結構美味かった。

俺たちはその後も話しながら食事を続け、食べ終えると、ギルドに向かうことにする。

ギルドに着くと、ナタリアが言うように少し遅い時間だったらしく、昨日よりは冒険者の数が少なかった。

「このくらいの時間でいいかもな……起きるのきついし」

人ごみも嫌いだし。

「というか、早く寝ればいいんじゃないですか？　遅くまで陰陽術の勉強や訓練をなさるのは大変素晴らしいことだと思いますが、健康には気を付けてください」

「酒がないんだよ」

寝る前に酒を飲むのが日課だった。

「お酒ならあるよ」

「……………私たちはあまり飲まないけど、欲しいならキッチン担当に言えばいいよ」

キッチン担当？

「そんなのがいるのか？」

「担当というか、料理が趣味の人がいる。ウチの寮にはキッチンがあって誰でも好きに使えるんだけど、お金さえ払えば作ってくれるよ。もちろん、仕事でいない時は無理だけどね」

「…………冒険者でお金を貯めて将来は自分の店を持ちたいんだって」

なるほど。

そういう動機で冒険者になる人もいるのか。

冒険者は儲かるだろうし、普通に働くより、ずっと早く夢に近づけるのだろう。

「夜にでも覗《のぞ》いてみるか」

俺、金を払ってないし。

たぶん、ナタリアが出してくれているんだろうな……。

『ナタリアさんってヒモ製造機みたいな人ですもんね』

やめてやれ。

俺は微妙にナタリアが心配になりつつも、帰ったらキッチン担当とやらに会うことを決めると、受付に向かう。

受付に行くと、パメラがニコニコと笑っていた。

「おはよう。どうした？　なにか良いことでもあったのか？」

「おはようございます。いえいえ、昨日はご苦労様でした。おかげでギルドも潤いましたよ」

昨日のビッグボアか……。

儲かったらしい。

「そりゃ良かったな。これからもそういうのを回してくれ。俺は不正に目くじらを立てて、糾弾するような頭でっかちではないのだ」

「マスターは柔軟なんです」

ＡＩちゃんがうんうんと頷《うなず》く。

「そうですか……でも、不正ってなんですか？」

パメラはニコニコと笑ったままだ。

言葉にはしない方がいいらしい。

「そうか……俺の勘違いか。まあいい。今日も仕事をしたいんだが、良いのはあるか？」

「はい。ユウマさんって調査のお仕事とかってできます？」

調査？

密偵か？

「俺は忍びじゃないから得意ではないぞ？　やろうと思えば、カラスちゃんや虫の式神を使ってどこでも潜入できると思うが……」

「うん……さりげに恐ろしいことを聞いた気がするけどスルーするわね。調査というのは森の調査です。実はここ最近、魔物が多いんですよ。昨日のビッグボアもですけど、ちょっと変です」

そういえば、ビッグボアは森の奥にいるって言ってたもんな。

「森の奥でなにか起きていると思っているのか？」

「ですね……ここだけの話なんですが、森にとんでもないバケモノがいるのではないかという話もあります」

バケモノ……。

「目撃情報は？」

「王都からの報告ではとんでもない化け蜘蛛《ぐも》が出たとか……」

化け蜘蛛……。

「えー……マ、マスター……」

ＡＩちゃんが不安そうに見上げてくる。

「よしよし、そんなに怖がるな」

そう言いながらＡＩちゃんの頭を撫《な》でた。

「は、はい……」

『いや！　マスターの大蜘蛛ちゃんでしょ!?』

だろうね。

「調査と言うが、具体的にはなにをすれば依頼達成なんだ？」

「原因を掴《つか》んでくださるのがいちばんですね」

それ、途方もない気がするぞ。

魔物が多いと言うが、それがただの偶然だったら時間を無駄にするだけだ。

「化け蜘蛛を捕まえてくればいいのか？」

「ん？」

「だから化け蜘蛛を持ってくれば依頼料をもらえるのか？」

「えーっと、まあ？」

よしよし。

じゃあ、今すぐに終わるな。

俺は懐から護符を取り出した。

「マ、マスター!? や、やめましょうよー！」

ＡＩちゃんが俺の袖を引っ張りながら止めてくる。

「すぐに依頼料が手に入るぞ」

「いやいやいや！」

ＡＩちゃんが顔をブンブンと横に振った。

「あっ……犯人がわかっちゃった」

「…………自作自演はひどいね」

ナタリアとアリスはわかったようだ。

まあ、俺が式神を使えるのは知っているし、昨日、でっかい蜘蛛を出せるって言ったもんな。

「あ、あのー……化け蜘蛛の出処《でどころ》ってユウマさんです？」

俺たちのやり取りで勘付いたパメラが恐る恐る聞いてくる。

「三日前に出したな。どこぞのお偉いさんがオークに襲われて危なかったんで助けてやったんだ。まあ、あの豚程度では俺の大蜘蛛ちゃんの敵ではなかったな」

「……こほん！　いいですか？　私はなにも聞いていませんし、ユウマさんもなにも聞いていない。絶対にそれをよそで言わないでください」

「問題にでもなっているのか？」

「三日前にこの国の王女様が乗っていた馬車がオークと化け蜘蛛に襲われたという極秘情報が各ギルドに回っています」

あれ、お姫様が乗っている馬車だったのか……。

お姫様を救うなんてとても良いことをしたな。

「ほれ見ろ。救って正解だった」

ＡＩちゃんに同意を求める。

「そうですね。そして、出ていかないで正解でしたね。絶対に面倒なことになってましたよ」

まったくだ。

しかし、お姫様を守る兵の練度があれでいいのかね？

いや、十分に強そうではあったけど……。

「パメラ、言っておくが、魔物の増加現象は俺のせいではないぞ。三日前に転生したばかりだし、大蜘蛛ちゃんだってほんのちょっと出しただけだ」

「え、ええ……わかっています。魔物の増加はひと月以上前から見られますし、ユウマさんは関係ないと思います」

結構前だな。

「しかし、そうなると原因を探るのが難しいな。俺も森にいたが、そんな大きな力は感じなかったぞ」

「そうなんですか？　うーん……奥まで行けます？」

奥ねー……。

「お前らはどう思う？　というか、森の奥に行けるか？」

ナタリアとアリスに確認する。

「正直に言うと、ユウマ次第。私たちは魔法使いだから見通しの利かない森は苦手」

「………斥候《せっこう》のリリーがいないんだよね」

実家に戻っているリリーっていう子が斥候らしい。

「まあ、斥候くらいなら俺でもAIちゃんでもできるが……」

どうしようかね？

「お二人とも、マスターはあなた方が女性なことに気を使っておられるのです。最悪は野宿もあり得ますし」

AIちゃんが代弁してくれた。

「あ、それは大丈夫だよ。さすがに慣れてるし」

「………問題ない。でも、二泊は嫌。お風呂に入りたいし」

一泊ならいいってことね。

「じゃあ、ちょっと見てくるか……パメラ、依頼料はいくらだ？」

「基本料金は金貨十枚です。あとは歩合ですね」

歩合が引っかかるが、逆に言うと、何もしなくても金貨十枚は入るわけだ。

悪くないな。

「どうする？　俺は悪くないと思うぞ」

ナタリアとアリスに聞いてみる。

「私も良いと思う、森に行くなら採取や魔物を倒して素材を入手できるからもっと儲かるし」

「………討伐依頼じゃないからヤバいと思ったら逃げればいいしね」

経験のある二人も賛成か……。

「ＡＩちゃんは？」

「良いと思います。カラスちゃんがいますし、マスターの索敵能力なら何かしら掴めるかもしれません」

ＡＩちゃんも賛成のようだ。

「では、そうしよう。パメラ、この依頼を受けようと思う。ちなみにだが、この依頼を受けるのは俺たちだけか？」

「はい。王都から各ギルドに調査の依頼が来ているのですが、この西区は西の森の調査をするように言われました。特に適任がいないのでお三方に……」

たかが森の調査で適任がいない？

ショボいギルドなのかな？

あ、いや、そういうふうにして俺に回してくれたのか……。

「わかった。じゃあ、ちょっと見てくるわ。行くぞ、お前ら」

「はーい」

「れっつごー」

「………ごー！」

俺たちはギルドを出る。

そして、西門を抜け、平原を歩きながら森を目指すことにした。

「………ねえねえ、蜘蛛のバケモノってどんなの？」

平原を歩いていると、アリスが聞いてくる。

「大きくてちょっと強い蜘蛛だな」

実を言うと前世ではあまり役に立たなかった式神だったりする。

だって、大きいから街中では使えないし。

「いや、バケモノでしたよ。私、おしっこちびるかと思いましたもん」

式神がおしっこちびるわけないじゃん。

「だからお前の方が能力は上だっての」

「ホントですー？　私、よわよわ狐《ギツネ》じゃないですかー」

なんか母上の顔でそう言われると、あざとくてなんか嫌だな……。

「半妖化できただろ」

「耳と尻尾だけじゃないですかー……」

ＡＩちゃんが落ち込む。

うーん、弱そう……。

術はもちろんのこと、戦闘術もインストールしていないだろうし、戦いは無理かな……。

「私、ＡＩちゃんのことがイマイチわかっていないんだけど、その子、狐なの？」

今度はナタリアが聞いてくる。

「私というか、この体が狐の妖怪なんです。式神は意思のない人形のようなものと思ってください。そこに私という人格が乗り移っているという認識で大丈夫です」

かなり違うような……。

「妖怪？　人形？　うーん……どう見ても人間なんだけど」

ほら、わかってない。

「ほら、狐さんでしょ」

ＡＩちゃんが獣耳を出した。

「う、うん？　狐の獣人かな？」

「…………金色の獣人は初めて見たけどね」

ＡＩちゃんに獣人とやらがいることは聞いているけど、こんなんなのか……。

「こういうのがその辺にいるのか？」

セリアの町ではまだ普通の人しか見ていない。

「多くはないけどね。よその区の冒険者にもいるよ。Ｂランクのすごい強い人」

Ｂランク……。

俺は眠そうな目をしているＢランクのアリスを見る。

「…………私とはタイプが違うよ？　その人は身体能力がすごい。私は魔法がなかったらその辺の子供にも負けるレベル」

そんな気はする。

「ランクの基準がイマイチわからんな。お前とナタリアってたいした差がないだろ」

どっちも似たような魔力だ。

「…………攻撃魔法に寄っているか回復魔法に寄っているかの差だね。攻撃魔法の方が評価が高いんだよ」

なるほどな。

それは少しわかる。

俺がいた国には回復魔法なんてものはなかったから単純にすごいと思うが、こんなに魔物が多い世界では魔物を駆除する力を持った方が評価されやすいのかもしれない。

「ふーん……まあ、ランクはどうとでもなるか」

「あのー、ユウマは少し自重したほうが良いよ？　何かそのうちとんでもないことをやらかしそう」

「……………すでに遅しな気もするけどね」

そこまでのことはしていないんだがな……。

あのお姫様を助けたことにしても俺的には最善だった。

「手を抜くのは苦手なんだが、やってみよう。俺がいた世界とは違い、この世界の人々はたくましそうだしな」

魔法を買える世界だし、冒険者という庶民が武器を持っている。

どちらも俺の国ではありえないことだ。

「マスター、式神を出すにしてもいい感じのはないんですか？」

いい感じと言われてもな……。

要はデカいのがダメなんだろう。

あと、経験的に女は虫がダメ。

「狛犬《こまいぬ》でも出すか？　あれは……あれ？　なんだっけ？」

誰かが俺の狛犬を見て、可愛くないと文句を言い……あれれ？

「マスター、あまり思い出さない方がいいかと……」

あー……嫁か子供かは知らんが家族か。

「その辺を上手い具合に処理してくれ」

いちいちめんどいわ。

「わかりました。今夜、もう一度記憶の処理をします」

「頼む。とにかく、狛犬ならバケモノ呼ばわりはないだろ」

「チェックしますので出してみてください」

AIちゃんがチェックするらしいので懐から護符を出すと、霊力を込め、地面に投げた。

すると、護符が白い犬に変わる。

白い犬はおすわりをしながら待機しているが、尻尾が揺れていた。

「わー！　かわいいですねー！」

「ホントだ！　かわいい！」

「………サイズも普通だ」

式神にかわいさなんていらないんだけどな……。

三人は狛犬に群がると、撫で始め、キャッキャしていた。

「女子供は好きだなー……俺は絶対に大蜘蛛ちゃんや大ムカデちゃんの方がかっこいいと思うのに」

「ねえねえ、この子は何ができるの!?」

聞いてねーし。

「ほぼ犬と一緒。もちろん、式神だから普通の犬よりかは速いし、力も強いけど」

「ふーん……いいなー」

ナタリアは嬉しそうに犬を撫でている。

その光景にものすごい既視感があった。

たぶん、俺が忘れている誰ぞやも同じような反応をしたんだろうな。

「マスター、狛ちゃんにお二人を守らせては？」

「そうするか……そういう式神だし。狛《こま》ちゃん、二人を守れ」

そう命じると、狛ちゃんが軽く頷いた。

「かわいい！」

「………かわいい！」

ナタリアとアリスは絶賛しながら狛ちゃんを撫でる。

喜んでくれてよかったと思う反面、使い捨てにできなくなってしまった。

式神は護符さえあれば、いくらでも出せるから囮《おとり》とかに使う使い捨てでもある。

でも、こいつらは嫌がりそうだ……。

「狛ちゃん、危なくなったらナタリアを背負い、アリスを咥《くわ》えて逃げろ」

殿も無理っぽいし、護衛とそういう使い方でいいだろう。

「………私は咥えられるんだ」

お前、小さいもん。

ＡＩちゃんはカラスちゃんを使うだろうし、自然とそうなる。

「ユウマは危なくなったらどうするの？」

狛ちゃんを撫でているナタリアが聞いてくる。

「でっかい蜂に乗って、我先に逃げるな」

君たちが嫌いなやつ。

「それでいいの、当主様？」

「じゃあ、言ってやる。俺が危なくなることなんかない」

「かっこいい……か、な？」

そこはお世辞でもいいから言い切れよ。

新たに狛犬の式神を出したので再び、チリル平原を歩いていく。

そのまましばらく歩いていくと、昨日、ビッグボアを倒した森の前までやってきた。

「調査するのはあの森でいいんだよな？」

「そうだね」

俺が確認すると、ナタリアが頷く。

「森ねー……今更だが、この軽装で大丈夫か？」

森に入るにはいろいろと準備がいる気がする。

昔、山師と話したことがあるが、素人が山や森に行くと危ないと言っていた。

まあ、そもそも俺が山や森に入ることなんてめったになかったんだけど。

「森と言ってもちゃんと道があるよ。さすがにそれを逸れると危ないと思うけど、一応、あちこちに目印になる看板が立てられている」

道があるのか……。

そういえば、俺も森の道を通ってこいつらと遭遇したな。

「大丈夫ならいいか……遭難してもカラスちゃんがいれば道に迷うことはないだろうし」

こういう時に便利な式神だわ。

「マスター、地図を描きましょうか？」

俺が上空で飛んでいるカラスちゃんを見上げていると、ＡＩちゃんが聞いてくる。

「頼むわ」

「了解です」

ＡＩちゃんは紙とペンを取り出した。

「じゃあ、森に入ってみるか」

「うん。こっち」

俺たちはナタリアに案内され、道があるところに回る。

すると、確かに幅が数メートルはある道があり、俺がナタリアやアリスと出会った道のように左右が森となっていた。

「ここか……」

「…………一応、忠告だけど、左右から魔物や獣が襲ってくることがあるから要注意ね」

そら、怖いわ。

「なあ、魔物と獣の差ってなんだ？　魔力の有無か？」

「…………そう考えていいよ。一応、定義としては体内に魔石があるのが魔物」

魔石？

「魔石って何だ？」

「…………そのまんま。魔力がこもっている石。この魔石が獣を魔物に変化させるのか、魔物が元々魔石を持っているのかはわからないけど、魔物は体内に魔石を持ち、普通の獣よりも強い傾向にある。ものによっては魔法まで使ってくる魔物もいる」

ふーん……。

そう考えると、俺のいた世界の妖《あやかし》は魔物ではないな。

体内に魔石があるなんて見たことも聞いたこともない。

たぶん、母上の体内にもないだろう。

「なるほどなー……」

「あ、ユウマ、魔石は売れるからなるべく採取の方向でお願い」

ナタリアが思い出したように言う。

「売れるのか？」

「うん。ユウマは別の世界の人だから知らないだろうけど、この世界では魔石はいろんなところに使われているんだよ。ユウマの部屋にもあるけど、洗面台の蛇口を捻《ひね》ったら水やお湯が出たでしょ？　あれは魔石の力なんだ」

へー……。

ＡＩちゃんに使い方を教えてもらったから普通に使ってたけど、そういう仕組みだったんだな。

水を井戸から汲《く》まなくて便利とは思ってたけど、この世界は俺がいた世界よりかなり発展している気がする。

「わりといい世界に転生したのかもしれんな……しかし、魔物はともかく、獣もいるのか……イノシシとか狼か？」

「そうだね。魔物と比べると強くはないけど、普通に脅威だよ。私たちなんて簡単に食べられるね。弱いもん」

魔法使いは魔法が使えなければただの人か……。

しかし、獣が脅威なのは共通しているな。

俺がいた世界でも熊や狼《おおかみ》に襲われる人は普通にいた。

「お前ら、索敵ってできるのか？」

「全然。できるのはリリー。だから私たち二人の場合は二人で注意しながら進む」

こいつらが？

危ないなー……。

「俺と出会った時もか？　夜はどうした？」

「あの時も二人だったからそうだね。まあ、夜は結界を張るから大丈夫」

「…………たいした効果はないけどね」

こいつら、大丈夫か？

「いや、死ぬぞ？」

「わかってるよ。でも、稼がないといけない。冒険者が危険なことは知っているし、覚悟もしている」

勇ましいが、昨日、ビッグボアの突撃で泣き叫んでいた少女の言葉とは思えんな。

「普通に働こうとは思わんのか？」

「学がないもん。ウチは継ぐものもないし、あっても女は継げない」

「どっかに嫁げよ。お前らの器量なら良いところに嫁げると思うぞ」

二人とも、優しいいし、顔が整っていて可愛らしい。

「結婚しても一緒だよ。私たちみたいな貧乏人の家は同じような貧乏人の家の人と結婚する。良くて商家の愛人じゃないかな？　そんなことをするくらいなら自分で稼ぐ。幸い、魔力はそこそこあったし」

そんなもんかねー。

家柄や身分どころか世界も文化も違うからよくわからない。

とはいえ、自分の力で将来を切り開こうとするのは立派だし、良いことだとは思う。

「お前もか？」

一応、アリスにも聞いてみる。

「……………そうだね。私の家もナタリアの家とどっこいどっこい。昔からナタリアと冒険者になろうって話してたんだ。やっぱりなんの技量もない私たちが手っ取り早く稼ぐにはこれしかない。娼婦《しょうふ》は嫌だし」

手っ取り早くというが、最初は魔法を使えなかったのだろう。

それなのにここまで来るのに苦労したんだろうな。

「お前らって苦労人だったんだな」

「全然。こんなの普通だし、私たちは恵まれている方だよ。魔力があったし、クランもあるからね」

「…………パーティーにも恵まれた。前衛のできるハリソンに索敵ができるリリー。まあ、今はいないんだけど」

ハリソン君は引退し、リリーは実家か。

「ちなみに、ハリソン君と結婚する気はなかったのか？　実家を継いだって言ってたし、良いところの家じゃないのか？」

「ハリソンはちょっと……」

「…………悪い人じゃないんだけどね。ちょっと……」

まあ、家柄だけで結婚はせんわな。

「じゃあ、お前らが裕福になれるくらいには頑張るか……ＡＩちゃん、獣の索敵は頼むぞ。俺は魔力がないとわからんから」

「私のセンサーに任せておいてください」

ＡＩちゃんが器用に地図を描きながら見上げ、頷く。

そして、森に入り、道を歩き始めた。

「マスター、どうです？　魔物はいますか？」

道を歩いていると、ＡＩちゃんが聞いてくる。

「いるといえばいるな……ただ、普段より多いのかはわからん。よく考えたら普段を知らんわ」

「そういえばそうですね。では、強い魔物はいます？」

強いの……。

「いや、いないな。ゴブリンと……これはオークだな」

「え!?」

「……オーク？」

ナタリアとアリスが驚いて俺を見てきた。

「ん？　どうした？　オークなんかお前らの敵じゃないだろ」

「いや、それはそうなんだけどね。オークはDランクだし。でも、そういうことじゃなくて、オークがこんな浅いところに出たことなんてないよ」

「……オークはもっと奥にいる魔物なんだよ。こんな浅いところにはいないし、そもそも道に近づいてくることもない」

道に近づいてこない？

「いや、道を歩いているんだけど……」

「え？」

「……んん？」

ナタリアとアリスが首を傾《かし》げる。

「いや、だからこの先にオークがいる。もう少しで見えてくると思う。二匹だな」

そう言いながら道の奥を指差した。

「はい？　二匹？　ないない」

「………オークは強いから群れないよ？」

二人が手を横に振る。

「そうなのか？　さっき言ってた大蜘蛛ちゃんを出した時はいっぱいいたぞ。そういえば、あのオークたちも道に出ていたな」

道に出て、兵士たちと戦っていた。

「マズくない？」

「………異常すぎ」

二人が顔を見合わせる。

俺はこの世界に来て三日だからよくわからん。

「お三方、話は後にしましょう。私のセンサーでオークを確認しました。数は二です。まあ、目の前にいるんですけど……」

ＡＩちゃんが言うように目の前には二匹の大きな体をした二足歩行の豚が立っていた。

「アリス、一匹やるからやれ」

何かを悟った狛ちゃんがナタリアを庇《かば》うように立ったため、アリスに任せることにした。

「……わかった」

アリスは頷くと、杖を構える。

すると、オークが突進してきた。

前は崖の上から見ているだけだったからわからなかったが、この巨体で突っ込まれると結構怖い。

Dランクの魔物と聞いているが、たしかにゴブリンとは一線を画す魔物だ。

とはいえ、昨日のビッグボアよりも小さいし、速くない。

「エアカッター！」

アリスが杖をかかげ、珍しく叫ぶと、杖の先端から風の刃が現れ、オークに向かって飛んでいく。

風の刃は結構な速度で飛んでいき、一匹のオークを容易《たやす》く切断した。

「……こんなもん」

一匹のオークをあっさり倒したアリスはドヤ顔だ。

「まだいるから！」

ナタリアは狛ちゃんに乗りながら逃げる準備をしている。

こいつ、口だけだな……。

「狐火《きつねび》」

ナタリアが可哀想なので残っているオークに指を向けると、指の先から金色の火が飛び出る。

金色の火はまっすぐ突っ込んでくるオークに当たると、一気に燃え上がり、一瞬で黒こげになったオークはその場で倒れた。

「森でのオークは余裕だな。体がでかすぎて狭い道だと魔法を躱《かわ》せない」

「………だね」

まあ、この程度ならこんなもんだろう。

「さて、魔石を採取しないと」

ナタリアはなに食わぬ顔で俺たちの横を通りすぎ、オークを解体し始めた。

「あいつ、いつもあんな感じか？」

「………うん。ああいうのも大事」

まあ、無理はしないだろうからな。

パーティーにはそういう人間もいた方が良いだろう。

「あれ？　ＡＩちゃんは？」

狛ちゃんはナタリアについていったし、後ろには誰もいない。

「………上だね」

アリスに言われて上を見ると、ＡＩちゃんが必死に羽を羽ばたかせるカラスちゃんに引っ張られ、上空に避難していた。

そして、ＡＩちゃんと目が合うと、ゆっくりと降りてくる。

「マスター、さすがです！　私もナタリアさんのお手伝いをしてきます！」

ＡＩちゃんはそう言うと、ナタリアのもとに行き、オークを解体し始めた。

「……あいつも戦闘は無理だな」

「…………一緒に頑張ろ」

アリスがぽんぽんと俺の背中を叩いてくる。

「そうするか」

ナタリアは回復魔法があるし、ＡＩちゃんは賢いからそれでいいや。

俺はそう結論付けると、オークを解体している二人のもとに向かう。

すると、俺が丸焦げにしたオークからいい匂いがすることに気がついた。

「オークって食えるのか？」

丸焦げオークを解体しているナタリアに聞く。

「食べられるよ。私は食べたくないけど、オークは豚肉と変わらない味だし、町の市場とかに売ってるね」

「…………私も食べたくない。昔は食べられたけど、冒険者を始めてからは無理になった」

気持ちはわかるな。

俺も二足歩行の豚はちょっと食べたくない。

「持って帰って売るのか？」

「さすがにそれはしないかな。オーク肉は一匹から肉が大量に取れるから安価なんだよ。あと、売り物にするための解体って難しいし」

「…………というか、単純にやりたくないね。魔石を取るだけで十分」

割に合わないわけね。

「あ、あった、あった。これが魔石だよ」

ナタリアが採取した魔石を渡してくれる。

魔石は親指ぐらいの大きさの赤い宝石なようもので怪しく光っているような気がした。

そして、たしかに魔力を帯びていた。

「思ってたより小さいな」

「オークならそんなもんだよ。魔物もランク付けされているんだけど、ランクの基準は魔石の大きさだね。魔石が大きいとその分儲かるけど、強い」

魔力が高いわけか……。

「マスター、見て見て！　私も取りました」

ＡＩちゃんが採取した魔石を見せてくれる。

「良かったなー」

なでなで。

「おじいちゃん……」

ナタリアが呆れた顔になった。

「お前も撫でてやろうか？」

「いい……」

まあ、子供扱いは嫌だわな。

「それで？　オークがこんな浅いところに出ないっていうのは本当か？」

魔石の採取を終えたので確認する。

「うん。私たちもよくここには来てたけど、初めてのことだね」

「……この森は西区御用達《ごようたし》だからね。森はわかりやすくて、奥に行くほど魔物が強くなる」

オークはDランクって言ってたし、もうちょっと奥なわけか。

だが……。

「そう考えると異常な数だな。俺が確認できるだけでも十はいる。それに……オークより魔力が高いのもいるな」

「十!?　それにオークよりも上がいるの!?　どこ、どこ!?」

ナタリアが周囲の森を見渡す。

「安心しろ。この辺にはいない。あ、いや、ゴブリンはいるがな……」

「あのー……ユウマはどれくらいの範囲のことを言っているの？」

「五百メートル以内だな」

それから先は微妙にわからん。

集中すればわかると思うんだが、別の小さい魔力が多すぎる。

「五百!?　……リリーが惨めな思いをするんじゃないかな？」

ナタリアがアリスを見る。

「……大丈夫。それは私たちも一緒」

「そうだね。私なんて何もしてないし」

いや、解体してくれたじゃん。

俺、自慢じゃないが、したことないぞ。

「お二方もリリーさんも惨めじゃないですよ。マスターが素晴らしいのです。ところで、マスター、前の森はどうでした？　マスターが転生した森です」

ＡＩちゃんが二人を慰めると、聞いてくる。

「あそこか……いや、お姫様を襲ったオークがいたくらいで後はゴブリンばっかりだったぞ」

「ゴブリンばっかり……たしかに魔物の出現数がおかしいですね。あそこはここよりも魔物が多いはずです。なのに逆に少ない。そして、街道に出て馬車を襲う……」

AIちゃんが悩みだした。

「どうする？　もう少し調べるか？」

「いえ、このことをパメラさんに報告した方が良いと思います」

もう帰んの？

「お前らはどう思う？」

経験のある二人に確認してみる。

「私もAIちゃんに賛成。こんな状況なら一冒険者に判断できることじゃない」

「…………依頼達成には十分すぎると思う」

二人も賛成か……。

「わかった。引き返そう。ん……？」

何かが気になり、森の奥を見る。

だが、何もいないし、特に変なことはない。

しかし、何かの違和感を覚える。

「どうしたの？　敵？」

ナタリアが不思議そうな顔で聞いてきた。

「いや、なんでもない。どうもこの森は勘が狂うな」

　魔力探知ができないわけではないが、微妙に雲がかかっている感じがする。

「マスター、この森は薬草なんかの魔力を秘めた素材が多いんです。その影響だと思います」

　それでか……？

　まあ、俺はあくまでも陰陽師であって、森に慣れている狩人《かりうど》でも山師でもないからなー。

「まあいいや。帰ろう」

　俺たちは早々に引き返すことにし、森を出た。

SIDE ???

「————ッ！」

思わず、身が硬直してしまった。

目が合った？

バレたのか……？

そう思って、魔力を消したが、よく考えたら偶然だろう。

あいつらからここまでは一キロ以上も離れている。

それに森の木々という遮蔽物があるのだからバレるわけがない。

「ふう……引き返していったか」

男と女たち……あと犬と鳥は森を出ていった。

「しかし……なんだあれ？」

女どもは普通の人間だろう。

だが、あの犬と鳥はなんだ？

獣か魔物かはわからなかったが、人にあれほど懐くだろうか？

それにあの男……何者だ？

あの金色に輝く炎は見たことがない。

しかも、あの火力だ。

もしかしたら相当な魔法使いかもしれない。

「まあいい……」

どうせあと少しだ。

さっさと仕上げにかかろう。

俺は次なる仕事をするためにさらに森の奥に向かうことにした。

◆◇◆

森を出てきた道を引き返してた俺たちはセリアの町に戻ると、ギルドに向かう。

狛ちゃんをギルド前に待たせてギルドに入ると、暇そうに受付に座る受付嬢たちだけでほかの冒険者の姿はなかった。

「あれ？　もう帰ってきたんですか？」

俺たちに気づいたパメラが声をかけてきたので受付に向かう。

「ちょっとな。森に行ったんだが、オークに遭遇したんだよ」

「へー……どの辺りです？」

パメラが首を傾げながら聞いてきた。

「AIちゃん、地図出して」

「はい」

AIちゃんはどこからともなく作成した地図を取り出すと、受付に置く。

「えーっと、森に入ってすぐだから……」

俺が地図を見ながら探していると、パメラが地図をガン見してきた。

「あのー……」

「なんだ？」

「これ、なんです？」

「地図」

地図を知らんのか？

「いや、それはわかるんですけど、すごい精度の地図ですね……これ、合っているんです？」

「上から見たやつだし、合ってるぞ」

作成したのはAIちゃんだから知らんけど。

でも、町の地図は完璧だったし、合っているだろう。

「へー……すごいですね。売ってくれません？」

「いくら？」

「金貨二十枚出します」

「そんなに？　森の縁しか描いてないぞ？」

高くない？

「それで十分です」

ふーん……。

「ＡＩちゃん、どうする？　お前の地図だけど」

「マスターのですけどね。べつにいいんじゃないです？　すでにインストールしているのでいくらでもアウトプットできますし」

意味はわからんが、覚えたからいつでも描けるってことね。

「じゃあ、それ売るわ」

「ありがとうございます。しかし、すごい能力ですねー」

パメラがそう言いながら金貨二十枚をくれると、ＡＩちゃんが誇らしげな顔をする。

俺はその金貨二十枚をＡＩちゃんに渡し、頭を撫でた。

「よかったな。金貨二十枚はお前の物だから好きに使え」

「いいんです？」

小さいＡＩちゃんが嬉しそうな顔で見上げてくる。

「ああ……」

脳裏にお母さんには内緒だよっていう言葉が浮かんだな……。

昔、孫にあげてたんだろうな……。

「それでオークはどの辺に出たんです？」

ＡＩちゃんを撫でていると、パメラが聞いてくる。

「えーっと、ここ」

俺は森に入ったすぐのところを指差した。

「え？　ここですか？」

「ああ。それも二匹」

「二匹!?　本当ですか!?」

パメラが驚く。

「本当。俺はそんなものかなと思ったんだが、ナタリアとアリスが異常って言うから報告に戻ったんだ」

「なるほど……だからこんなに早く戻ってきたんですね」

「だな」

まだ昼にもなっていない。

「パメラさん、それとなんだけど、ユウマの探知能力によると五百メートル以内にオークが十四匹もいたらしい。さすがにちょっとおかしいよ」

ナタリアが補足説明した。

「十匹も……ん？　五百メートル？」

「わかるんだって」

「そ、そうですか……あのー、あなたって本当に人間？」

パメラがちょっと引きながら確認してくる。

「見ればわかるだろ」

『お母様のことを考えると微妙ですけどね』

俺に尻尾なんかないわ。

「ま、まあ、優秀な方なんでしょう。当主様だっけ？」

「死んだし、子供に譲ったらしいから元だけどな」

「お貴族様？」

「そうだな……王族の末裔《まつえい》の一族だ。というか、親戚だな。ひいひい婆さんが王族だし」

ほかにも婚姻関係があったし、そこそこ近いと思う。

「あ、そうですか……」

「……思ったより、偉い人だったね」

「…………十二人の奥さんや子供たちを養えるぐらいにはお金持ちだよ」

ナタリアとアリスが後ろでコソコソ話している。

「まあ、金持ちだったんだろうな。金に困ったことはないし、それどころか金のことを考えたこともない」

寺への寄付はいくらくらいにしようかなーと思ったくらいだ。

「すごいわね……」

パメラが単純に感心している。

「前世のことだ。今は居候でたいした金もない。だから依頼料に色を付けろよ」

「あ、はい。じゃあ、金貨十枚に加えて、もう十枚追加します」

パメラが金貨を二十枚も受付に置いた。

「自分で言っててなんだが、こんなにくれるのか？」

たかが森に行って帰ってきただけなのに倍になっちゃった……。

「それぐらいの価値がある情報なんです。すぐにギルマスに報告し、調査団を派遣することになると思います」

森専門の調査団でもいるのかね？

まあ、素人の俺たちよりかはマシか。

「わかった。いつもありがとうな。今度、飯でも奢《おご》ってやろう」

「え？　あ、うん……ありがとう……」

後半の声が小さい。

嫁が十二人もいる男から誘われたから警戒してるな……。

ＡＩちゃんも来るからそういうのではないんだがな。

「パメラ、明日の仕事で良いのはあるか？」

「あー、どうでしょう？　下手をすると、森への立ち入りが禁止になるかもしれません」

確かにそれもあるか……。

「ほかにはないのか？」

「西区の稼ぎどころは森なんですよ。一応、探すことはできますけど、お休みになられては？　この町に来てからずっと働いてますよね？」

「休み？　そうか……自由業だから休みも自由なのか」

「そうですね。人によりますが、数日働いたら休むことが多いです。体力のいる仕事ですし、休むのも大事ですよ」

たしかに森に行くだけで疲れるし、森の奥になんて行ったらもっと疲れるだろうな。

「休みか……休みという概念がなかったが、その辺も大事だな」

「マスター、リーダーなんですからその辺もちゃんとしないといけませんよ。見るからに体力のないお二人ですし」

ＡＩちゃんが忠告してくれた。

「それもそうだな」

俺たちは後ろにいる貧弱な二人をじーっと見る。

「え？　休みがないつもりだったの？」

「………ブラックすぎ」

二人は嫌そうな顔をしていた。

「いや、すまん。休みのことを忘れていた」

「えーっと、ユウマは前の世界では休まなかったの？」

「当主に休みなんかあるわけないだろ」

当主じゃなくても、いつも勉強や訓練なんかがあった。

「それ、楽しい？」

「さあな。それが当たり前だった」

記憶が微妙だが、べつに苦労したという記憶はない。

まあ、楽しかったという記憶もないんだが。

「………休もうよ。おじいちゃん、死んでも働くつもり？」

いや、働かないと食っていけねーよ。

まあ、言わんとしていることはわかるけど。

「ナタリア、休みの日はお前が決めろ」

「私？」

指名されたナタリアが自分の顔を指差した。

「ああ。お前らの基準でいい。俺は今、休みは月に一回くらいでいいだろと思っている」

俺がリーダーを名乗っているが、元々はこいつらのパーティーだし、こういうのは体力がない方に合わせるべきだ。

「あ、うん……わかった」

「………月一って」

二人がちょっと引いている。

「どうする？　とりあえず、明日は休みでいいよね？」

ナタリアがアリスに確認する。

「………いいと思う。というか、少なくとも、リリーが戻るまでは本格的に活動しない方がいいでしょ」

そういや、リリーって子がいたな。

「そうだね。よし、明日は休みです！」

「わかった。パメラ、そういうことだから」

「わかりました」

パメラが頷いたので俺たちはギルドを出て、クランに帰ることにした。

SIDE パメラ

ユウマさんたちがギルドを出ていったので立ち上がると、奥の執務室へと向かう。

「ジェフリーさん、よろしいでしょうか？」

『ん？　いいぞ』

部屋の中から返事が聞こえたため、扉を開け、中に入った。

そして、デスクで仕事をしているジェフリーさんのもとに向かう。

「先ほど、森の調査に向かわれたユウマさんたちが戻られました」

「先ほど？　早くないか？」

「森の浅いところでオークが二匹も出たらしいです」

「それは……」

ジェフリーさんが腕を組み、悩みだした。

「いかがいたしましょうか？　調査団を派遣した方が良いと思うんですけど」

「そうだな。すぐに派遣しろ。それと王都のギルドにも報告を忘れるな」

「わかりました。それとユウマさんのことなんですけど……」

「あいつか……どうした？」

ジェフリーさんがちょっと嫌な顔をしながら聞いてくる。

「やはり上流階級の人間だったようです。王族の一族の貴族だそうです」

「そうか……まあ、驚きはないな」

貴族なことはわかっていた。

思ったより、ずっと上の人間だったけど。

「ですね。でも、問題は能力です。森で五百メートルの探知ができるそうです」

「すごいな……しかも、化け蜘蛛も出せるんだろ？　人とは思えん」

化け蜘蛛のことは今朝、すぐに報告した。

話し合いの結果、黙っておくことになったのだが。

「同感です。それと例の盗賊狩りですが、やはりやったのはユウマさんだと思われます」

「やはりか」

「はい。回収班の話では盗賊の遺体にはどれも剣での切り傷があり、それが致命傷のようでした。あの二人にはできません」

ナタリアさんもアリスさんも強いが、魔法使いだ。

剣はからきしなはず。

「つまりあいつか……」

「どうします？　依頼無効にもできますけど」

盗賊狩りをした時はまだ冒険者じゃなかったはずだ。

「放っておけ。そんなことより、このギルドに縛り付けておくことが大事だ。あんなもんをよそに取られたらシャレにならん」

やっぱりそう思うよね。

「一応、ナタリアさんたちと組んでいるから大丈夫だとは思うんですけど」

「あいつらもよそ者だろ。よその方が稼げるとなったらわからん」

まあ、あの二人はそれでも残ってくれようとするだろうが、ユウマさんがどういう判断をするかだろう。

なんかいつの間にかリーダーになっていたし、あの二人は大人しいから最終的にはユウマさんに従うと思う。

リリーさんに期待かな？

いや、無理か。

あの子、バカ……いや、そんなに考えることをしないし。

「良い依頼を優先的に回しているんですけど、それで大丈夫ですかね？」

「さあな。転生者どもは文化も生きてきた世界も違うから本当にわからん。とはいえ、それぐらいしかやれることはない。お前に任せるから頑張ってくれ」

「私ですか？」

「女好きなんだろ？　お前の方が良いに決まっている」

あの人、本当に女好きなんだろうか？

男の人独特のいやらしい視線を一切感じないし、それどころかＡＩちゃんを可愛がっているおじいちゃんそのものだ。

とはいえ、食事に誘われたわね。

本当に何を考えているのかがわからない。

「わかりました」

「頼んだぞ。俺も森の異常をよそのギルド長に話してみる」

例に漏れず、ギルド間も仲が悪いのだが、そうも言っていられない状況だろう。

「よろしくお願いします。では、失礼します」

私はギルマスの執務室を退室すると、受付に戻った。

「ねえねえ、パメラ。ユウマさんとご飯に行くの？」

隣で聞いていたであろう色恋が好きな同僚が聞いてくる。

「行く」

「へー……ほー……」

たぶん、変なことにはならないと思うし、とりあえずは行ってみよう。

第七章　——　緊急

クランの寮に戻った俺は部屋でゴロゴロと過ごしていた。

「暇だなー」

やることがない。

まだ昼にもなっていないのに仕事が終わったため、今日は半日やることがない。

もっと言うと、明日も丸一日やることがない。

「やることがない時は何をしていたんです？」

ベッドの上でナタリアから借りた本を読んでいるＡＩちゃんが聞いてくる。

「寺に行くか写経か……あとは何だっけ？」

家族という部分的なものを消しているため、どうも記憶が安定しない。

「今夜、処理はしますが、当分は記憶がこんがらがると思います。そのうち落ち着くとは思いますが……」

「いっそ全部消すのはどうだ？」

「それはそれでどうでしょう？　術も何もかもですよ？」

それは嫌だな。

この世界は魔物がいるし、力がいる。

「まあいいか。AIちゃん、将棋でもしない？」

駒を簡単に作ればできるだろ。

「いいですけど、おすすめはしません。私はマスターのスキルであり、人工知能です。いくらマスターが強かろうが、絶対に勝てません。もちろん、命じられれば上手い具合に負けてみせます」

つまらんな……。

「いいや。ナタリアとアリスは何をしているんだろ？」

「ナタリアさんは読書が趣味だそうですので読書じゃないですか？　アリスさんは出かけるって言ってました」

それぞれやることがあるのか。

「なにをしようかねー？　町でも見て回るか？」

「良いと思います。でも、明日にしては？　ナタリアさんとアリスさんに案内してもらいましょうよ」

晩にでも頼んでみるか。

どうせ夕食をともにするんだろうし。

俺もナタリアに本でも借りようかなーと思っていると、部屋にノックの音が響いた。

「んー?」

『すまん。ちょっといいか?』

部屋の外から声が聞こえてくる。

だが、声はナタリアでもアリスでもない。

というか、男の声色だった。

「誰だろ?」

立ち上がると、扉の方に行き、扉を開ける。

すると、そこには俺より背の高い男が困った顔で立っていた。

「えーっと、どちら様?」

「いきなり悪いな。俺はこのクランに所属しているクライヴってもんだ」

あ、ほかの冒険者か。

「そうか。俺は一昨日から世話になっているユウマだ」

もう苗字を名乗るのはやめた。

姓と名が逆なのも紛らわしいし、説明するのがめんどくさいのだ。

それにこの世界の人間はあまり姓を名乗らない。

「ああ。ナタリアから聞いている。これからよろしくな」

「よろしく。それと挨拶が遅れて申し訳ない」

というか、俺から挨拶に行くべきだったたな。

「いや、気にしなくていい。それでちょっといいか？」

クライヴが手招きをしてきたので部屋から出る。

当然、ＡＩちゃんもついて……こなかった。

どうやら読書を続けるらしい。

「なんだ？」

「こっちだ」

クライヴがそのまま歩いていくのでついていくと、エントランス内の隅にある四方にソファーが置かれた一角までやってきた。

「ここは？」

「会議とかをするところだな。まあ、交流スペースだ。自由に使ってくれてかまわない」

「ふーん……」

そう言われたのでソファーに腰かけると、ソファーで寝ていた狛《こま》ちゃんが俺のところにやってきた。

「どうしたー？」

そう聞くと、狛ちゃんは俺の太ももに頭を乗せ、尻尾を振りながら寝始めた。

完全に犬だ。

「まあいいや。それでどうした？」

狛ちゃんを撫《な》でながらここまで呼び出したクライヴに聞く。

「いや、その犬な。ユウマの犬でいいのか？」

「まあ、その認識でいいぞ。ウチの女どもが可愛がっているから消せないんだ」

クランの寮に着いたので消そうと思ったら悲しそうな顔をされたので消せなかった。

仕方がないから番犬でもさせようと思って、玄関に置いておこうと思ったのだが、それも嫌そうな顔をされたのでエントランスに放ったのだ。

そしたらソファーで寝てた。

自由な犬だわ。

「そうか……大人しそうだし、飼うのはべつにいいんだが、何を食べるんだ？」

ん？

「食べるって？」

「エサだよ。俺は食事を作っているんだが、その犬のエサはどうすればいいんだ？」

あ、この人がナタリアたちが言っていたキッチン担当の人だわ。

そういえば、会おうと思っていたんだ。

「お前が食事を作っている人間か……いつも悪いな。俺は異世界の人間で舌が合わなかったらどうしようと思っていたが、非常に美味だったぞ」

「ありがとよ。こっちも昨日はビッグボアの肉をありがとう。ほかの連中も感謝してたぞ」

「なら良かったわ。それと金なんだが……」

「あー……ナタリアからもらっているぞ」

やっぱりか……。

「来たばかりの時は金がなくてな。今はあるから自分で払うわ」

「そうか。それで犬のエサは？」

エサって言われても式神は何も食べなくてもいい。

「べつにいらない……」

そう言うと、狛ちゃんが見上げてきた。

振っていた尻尾も萎《しお》れている。

「食べたいん？」

そう聞くと、尻尾を元気よく振り始めた。

なんでだろう？

こいつもカラスちゃんも明らかに自我を持っていないか？

前はそんなことはなかったのに……。

「すまん。残りものでいいからくれ。金は払う」

「わかった。じゃあ、そうしよう。それとユウマは嫌いなものあるか？」

嫌いなもの……。

野菜？

でも、ドレッシングをかけたら美味かったな。

「よくわからんから合いそうなのを作ってくれ。その都度言うわ」

「あー、異世界人だったな。了解した。俺はキッチンか二階の二〇二号室にいるから来てくれればいい」

そういや上の階には一回も行ったことがないな。

「お前の部屋は二階か？」

「ああ。二階が男どものスペースで女どもが三階だ。ユウマは一階の客室にいるが、二階には来ないのか？」

二階……。

「悪いが、前世の俺の家は平屋だったし、一階がいい。上は落ち着かない」

この辺りにはないらしいが、地震が来たらすぐに逃げないといけない。

「なるほど。文化の違いか……わかった。それともうすぐで昼飯だが、どうする？」

「アリスは……いないか。ナタリアと俺の部屋にいるＡＩちゃんにここに持ってきてくれるように言ってくれ。動けなくなった」

狛ちゃんが俺の足の上で完全に寝てしまった。

寝る必要なんかないのに……。

「ナタリアとあの小っちゃい子な……わかった」

クライヴは狛ちゃんを微笑《ほほえ》ましい顔で見ながら頷《うなず》くと、どこかに行ってしまった。

その後、昼食を持ってやってきたAIちゃんとナタリアと食事を食べると、午後からはナタリアに借りた本を読み、過ごした。

そして、夕食を帰ってきたアリスを加えた四人で食べると、二人が翌日に町を案内してくれると言ってくれたのでこの日は早めに就寝した。


夢を見ていた。

たいした夢ではないと思うが、どこか楽しい夢だった。

だが、あることに気づき、楽しい夢を中断することになってしまった。

「――チッ！」

俺は目が覚めると、上半身を起こす。

「AIちゃん、起きろ」

隣でスヤスヤと眠っているAIちゃんを揺すった。

「マスター……？　どうしたんです？　まだ暗いですよ？」

たしかに窓から見えるのは暗闇だ。

「いいから起きろ」

俺はそう急《せ》かしてベッドから起き上がると、スイッチを押す。

すると、部屋が昼間のように光った。

仕組みはわからないが、これも魔石によるものだろう。

灯りをつけると、寝間着を脱ぎ始める。

「どうしたんですか？　怖い夢でも見たんです？　記憶処理に失敗しましたかね？」

ＡＩちゃんが目をこすりながら聞いてきた。

「そういうことではない。早く着替えてナタリアとアリスを起こしてこい」

「えーっと……わ、わかりました！」

ＡＩちゃんも慌てて起き上がり、着替え始めた。

そして、着替えを終えると、二人で部屋を出る。

すると、エントランスにはクライヴと長い赤い髪をしている女性が立っていた。

二人とも、どう見ても寝起きであり、髪は跳ねているし、寝間着姿だ。

「ん？　ユウマとＡＩちゃん？　どうした？」

赤髪の女と何かを話していたクライヴが聞いてくる。

「緊急事態かなと思って」

「そうか……アニー、女性陣を起こしてくれ。俺は男どもを起こしてくる」

「わかったわ」

クライヴが頼むと、アニーとやらが俺をチラッと見た後に階段に向かった。

「誰？」

「アニーっていうウチのメンバーだよ。クランリーダーがいない今はあいつがトップだ」

「ふーん……」

「とにかく、俺も男どもを起こしてくるから交流スペースで待っててくれ」

クライヴはそう言うと、階段を昇っていったのでエントランスの隅にある交流スペースに向かう。

すると、ソファーで狛ちゃんが寝ていたので起こして、ソファーに座った。

そのまましばらく待っていると、眠そうな顔して寝間着姿の男女が続々とやってくる。

「あれ？　寝坊助のユウマがいる」

「…………ホントだ。しかも、着替えてるし」

ナタリアとアリスも髪を跳ねさせ、寝間着姿でやってきた。

「全員、揃《そろ》ったな」

ナタリアとアリスがやってくると、呼びに行っていたアニーとクライヴが戻ってきた。

「全員？　俺とＡＩちゃんを含めても九人しかいないぞ」

ナタリアとアリスを含めて女が五人、男が四人だ。

なお、俺とＡＩちゃん以外は全員立っている。

座ればいいのに。

「ほかの連中は出張っているんだよ」

「ふーん……」

大丈夫かね？

「………そんなことより、こんな時間になに？」

アリスがいつもよりさらに眠そうな目をしながら聞く。

「こんな時間に悪いわね。まずだけど、先程、ギルドから緊急依頼が来たわ」

トップらしいアニーが答えた。

「………緊急依頼？」

「昨晩……というか、ちょっと前ね。森を調査していた調査団が異様な数の魔物を発見したらしいわ。そして、現在、その魔物がこの町に侵攻中。一言で言うわ。スタンピードよ」

アニーがそう言うと、周囲がざわつき始める。

「おい、本当か!?」

「なんで急に!?」

「マジか……」

スタンピードってなんだろ？

聞きにくいな……。

「マスター、スタンピードとは魔物が大量発生し、襲ってくることです。すなわち、大量の魔物がこの町に向かって襲ってきているということです」

困っていると、ＡＩちゃんが教えてくれた。

「あ、そういう意味か。じゃあ、わかるわ」

「ん？　わかるんですか？」

「そりゃな。なんで俺が起こしたと思っている。もう来てるぞ」

「は？　ねえ、新人、どういうこと？」

俺とＡＩちゃんが話していると、アニーが聞いてくる。

ほかの連中も俺を注目し始めた。

「いや、だから町のすぐそばまで来てる。俺はそれを感知したから起きたんだよ。みんなを起こそうと思ったらお前らがもう起きてた」

「もう来ている……くっ！」

アニーが爪を噛《か》んだ。

「アニー、すぐに準備をしよう。急がないと門を抜かれる」

クライヴがアニーを急かす。

「待ちなさい！　まずみんなに確認したい。この仕事を受けるかどうか……」

「は？　緊急依頼だぞ！」

「わかってるわ！　でも、スタンピードなんて厄災よ！　死ぬかもしれないのよ!?　私はこの町の出身で家族も住んでいるから死んでも戦うわ。だけど、そうじゃないよその人間に死んでくれとは頼めない」

アニーが悔しそうに下を向いた。

「それは……」

「スタンピードは西の森から来ているらしい。だったら東門からは逃げられるわ。逃げたい人は逃げていい。ほかの人たちと同じように出張っていたということにするから緊急依頼を放棄したということにはならない」

一緒に戦ってくれとは言えないのか……。

「みんな、どうする？」

クライヴがほかの連中に聞くと、みんなが顔を見合わせる。

「時間がないからすぐに決めてちょうだい」

アニーがそう言うと、全員がその場で俯《うつむ》き、考え始めた。

しかし、すぐに顔を上げると、アニーを見る。

「やるしかないだろう」

「そうだな……」

「まあ、冒険者だしね」

考えていた連中は戦うという結論を出した。

「アニー、王都からの援軍は？」

クライヴがアニーに確認する。

「ギルドがすぐに要請を出したそうよ。ここからそんなに離れていないし、王都も危なくなるからすぐに応援は来ると思う」

「要は時間を稼げばいいわけだな。よし、やるぞ」

クライヴも参加するようだ。

「ナタリア、アリス、あなたたちは？」

アニーが二人に確認すると、二人は何故か俺を見てきた。

「好きにしろよ。逃げてもいいし、戦ってもいい。危なくなったら昨日言ったように狛ちゃんが逃がしてくれる」

そう言って狛ちゃんを撫でると、狛ちゃんが二人の足元に行き、おすわりをした。

「さ、参加する」

「…………まあ、やるよ」

ナタリアは大丈夫かね？

「そう……悪いわね。あんたは？　この町に来て数日だけど……」

まあ、たしかにこの町のことをほとんど知らんし、なんならクランメンバーすら大半が初対面だな。

「やる」

「マスター、参加するんです？　危ないですよ？」

AIちゃんが袖を握りながら聞いてくる。

「見捨てるわけにはいかないだろ。第二の人生でも人を救うのは変わらない。たとえ、他国どころか異世界の民でも力ない庶民どもを救うのが俺の仕事だ」

最悪は一人でもやる。

俺はここで逃げることを選ぶような教育は受けてこなかったのだ。

「でも、スタンピードです」

いや、知らん。

「だからなんだよ。蟻《あり》の群れだろ。最悪はお望みの煉獄大呪殺《れんごくだいじゅさつ》で燃やし尽くしてやるよ」

「そうですか……わかりました！　では、私もお手伝いします！　この身体の眠れる力を目覚めさせる時が来たのです！」

AIちゃんがそう言って、力強く両手の拳を握る。

威勢は良いが、かわいいだけだ。

うーん……やっぱり戦闘は無理っぽいな。

結論が出ると、クランの面々が着替えと準備のために各自の部屋に戻っていく。

そのまま待っていると、いちばん早くアニーが戻ってきた。

アニーは杖を持っており、たぶん、魔法使いだと思う。

というか、すごい服だな……。

胸元はざっくり開いているし、足もガッツリ出している。

痴女かな？

「早いな」

「私はせっかちなの」

自分で言うかね？

「ふーん、この町の出身だっけ？　なんでここに住んでいるんだ？」

実家に住めよ。

「兄夫婦が住んでいる家なんて嫌よ」

あー、なるほど。

「そりゃ家を出るわな」

「そういうこと。それよりもユウマだっけ？　自己紹介が遅れたけど、Bランク冒険者のアニーよ」

アニーが握手を求めてきたので手を握る。

「Bランク？　Aランクかと思った」

「ん？　なんで？」

「アリスよりも魔力が高いから」

しかも、結構差がある。

「あー、そういうこと。アリスはこの前、Bランクになったばかり。私はBランクになって一年以上経っている。年季が違うわ」

「お前、何歳だ？」

「二十一歳だけど、なんで？」

やっぱり見た目より若い。

というよりも雰囲気がかなり上に見える。

「いや、ちょっとずれがあってな。俺はユウマだ。聞いているかもしれんが、転生者だな。それでこっちがAIちゃん」

「AIちゃんは知っているわ。よく三階をウロチョロしているし」

「俺が呼びに行くわけにはいかないからな」

ナタリアやアリスを呼びに行っているからな。

「たしかに三階は男子禁制よ」

「どちらにせよ、行かんわ。女の部屋には行ったらダメという教育を受けている」

そういう関係なら別だけど。

「あら、紳士……ねえ、本当に参加するの？　べつに逃げても誰も非難しないわよ？」

「さっきも言っただろ。人を救うのが俺の仕事だ。これが戦争なら知ったことではないが、魔物なら範疇《はんちゅう》だ」

戦争は兵士の仕事。

妖は俺たち陰陽師の仕事。

「そう……ありがとうね」

胸元がざっくりと開いている服を着ているアニーが頭を下げた。

わざとやっているんだろうか？

「ちなみに聞くが、依頼料って出るのか？」

「国から出るわよ」

いくらだろ？

まあ、後でいいか。

「まあいいや。俺たちって具体的にどうすればいいんだ？　町を出て、白兵戦でもするのか？」

「全員が集まったらまずはギルドに向かうわ。そこでジェフリーから指示をもらう。でも、基本は壁の上から魔法か矢を放つことになると思うわ。私に外に出ろって言われても無理だし」

たしかにこの女には無理だな。

素肌を出し過ぎだし、見えている腕も足も細い。

とても戦士には見えない。

「それっぽいな。まあ、ウチの二人もか……」

俺はどうするのかね？

どっちでもいいけど、疲れない方が良いな。

俺とアニーが話しながら待っていると、続々と準備を終えたクランメンバーが集まってくる。

メンバーは俺とＡＩちゃんを除けば、七人であり、鎧《よろい》を着ているのはクライヴを始めとする男の三人だけだ。

あとは杖を持っているので魔法使いだろう。

「魔法使いが多いな……」

「このクランのリーダーであるレイラさんは女性だからね。女性の比率が多いんだよ。そうすると自然と魔法使いが多くなる」

ナタリアが教えてくれる。

「そういえば、そういうお前らもレイラに憧れてって言ってたな。というか、俺、会ってないけどいいのかね？」

「帰ったら話がしたいって言ってたよ」

そうするか……。

さすがにクランに入れてもらい、住まわせてもらっているわけだから挨拶くらいはしたい。

「余裕があるのは良いことだけど、あとにしてちょうだい。行くわよ」

全員が揃《そろ》ったのでアニーを先頭にクランの寮を出た。

そして、ギルドに向かう。

周囲はまだ暗いが、兵士や冒険者が忙《せわ》しなく動いている。

まだ町の住民は寝ているのかはわからないが、そういう人たちは見当たらない。

だが、商人らしき人が馬車に商品を慌てて詰め込んでいるの光景はあちこちで見る。

「まだパニックにはなっていませんね」

ＡＩちゃんが周囲を見渡しながらつぶやいた。

「こんな時間だからね。早起きで勘のいい商人は逃げ出す準備をしているようだけど、町の人はまだ寝ているんでしょ」

ＡＩちゃんのつぶやきにアニーが答えてくれる。

「知らせないのか？　東門から逃げるべきだろう」

「この町は複雑なのよ。下手をすると、東区の連中とぶつかる」

四つの区に分かれているんだったな……。

東区の代表もまずは自分のところの町人を逃がすわな。

「マズくないか？　パニックどころか暴動が起きるぞ」

「でしょうね。でも、さすがに区長どももバカじゃない。ちゃんと対処するでしょ。どちらにせよ、私たちが勝てばいい」

まあ、そうだけど……。

やっぱり代表が四人いるって問題だな。

王は何をしているんだろうか？

「あ、パメラだ」

ギルドまでやってくると、ギルドの前にはかがり火が焚《た》かれており、そこにはパメラが立って、書類を見ていた。

「パメラ」

アニーがパメラに声をかける。

「あ、アニーさん。【風の翼】も参加ですか？」

「私はこの町の出身だからね。一応、全員参加だけど、ごめん……今はリーダーを始め、大半が出張っているの」

「わかってます。参加してもらえるだけでありがたいです……ジェフリーさーん！」

パメラがジェフリーを呼ぶ。

すると、離れたところで兵士と話していたジェフリーがこちらにやってくる。

ジェフリーが俺たちのもとにやってくると、俺たちを見回してきた。

「ええ。九名が参加だそうです」

「【風の翼】か……」

「レイラは……いや、王都だったな」

クランリーダーは王都にいるらしい。

近いんじゃなかったっけ？

はよ来い。

「ジェフリー、私たちはどうすればいいの？」

代表のアニーが聞く。

「近接戦闘ができるやつは門に行ってくれ。回復魔法が使えるやつは門のそばで待機。攻撃魔法が使えるやつは防壁の上だ」

「わかったわ。みんな、お願い」

アニーがそう言うと、みんなが頷き、持ち場に向かった。

クライヴたち男組とナタリアが門の方に向かい、アリスやアニーたちが町を囲む防壁にある階段の方に向かう。

なお、狛ちゃんはどっちに行くか悩むように見比べ、ナタリアの方に行った。

この場には俺とAIちゃんだけが残される。

「俺はどうすればいい？」

回復魔法は使えないからナタリアのところじゃないのはわかるが、門か防壁の上かはわからないのでジェフリーに聞く。

「ん？　お前、魔法使いじゃないのか？」

「べつにどっちでもできるぞ」

「あー、そういや剣が使えるんだったな。持ってねーけど」

「あるぞ」

俺は懐から大量の護符を取り出すと、霊力を込めた。

すると、護符がバラバラになり、剣の形になる。

「なんだそれ？　紙だろ」

「剣だよ。で？　どっち？　どっちでもいいぞ」

「当たり前だが、防壁の方が安全だぞ」

そりゃそうだ。

「うーん、じゃあ、最初は外に行くわ。疲れたら上に行く」

「まあ、それでいいが……このガキは？」

ジェフリーがＡＩちゃんを見下ろす。

あ、ＡＩちゃんをどうしようか……。

「ＡＩちゃん、アリスのところに行こうか」

「私はマスターのスキルです！　マスターと共にいます！」

邪魔なんだが……。

「まあ、べつに死んでも新しい式神を出せばいいか」

「そうです！　そうです！　私のこの爪で魔物を切り裂いてやりましょう！」

ＡＩちゃんがそう言って、爪を立てる。

いや、丸いんだけど……。

その背中をかくことしかできそうにないかわいい手で何を切り裂くんだ？

第八章　――　スタンピード

俺とＡＩちゃんは外で戦うことにし、門の方に向かうと、たくさんの冒険者らしき人たちがいた。

そんな冒険者たちの後方には槍《やり》を持ったクライヴとほかの二人のクランメンバーがいる。

「よう」

俺は冒険者たちの後方まで行くと、クライヴに声をかけた。

「ん？　あれ？　ユウマは門の上じゃないのか？」

「いや、どっちでもいいからまずはこっちに来た」

「そうか……そりゃ数が多い方がいいが、鎧《よろい》は？」

ここにいる人たちはみんな、鎧を着ているので非常に目立つ。

その証拠にみんな、俺をチラチラと……いや、ＡＩちゃんを見ていた。

「鎧はいらん」

「いらないです！」

ＡＩちゃんも答えると、周りの人たちがみんな、ＡＩちゃんをガン見する。

「……なあ、その子は？」

「一緒に来るって」

「危ないぞ？」

見た目、子供だもんな……。

俺、子供を戦地に連れていく鬼畜と思われていないかな？

「ＡＩちゃん、なるべく死なないようにな。俺の評判が落ちそうだ」

「わかりました！」

よしよし。

「ものすごいひどい発言が聞こえたんだが……」

クライヴがドン引きしている。

ほかの連中もちょっと引いていた。

「いや、この子は俺のスキルだから死なないの。それよりもどういう状況だ？　待ちか？」

「門の外ではすでに町の兵士が魔物と戦っているらしい。兵士が引き返して来たら入れ替わるように俺たちが突っ込む」

「上から魔法が降ってこないか？」

怖いんだが……。

「俺たちが戦っている間は遠くにしか撃たない。上の援護は基本、俺たちと兵士が入れ替わる時だ」

なるほど。

「じゃあ、待つか……」

門が開くのを待つことにし、しばらく待っていると、上からかなりの魔力を感じた。

「上が魔法を放ったな。ＡＩちゃん、そろそろだぞ」

なでなで。

「お任せを！　私の狐火《きつねび》を思い知らせてあげます！」

「頑張れ」

俺たちがそのまま待っていると、門がゆっくり開かれ始めた。

「さて、行くか」

「はい！」

前方の冒険者たちが前に駆けていったので俺たちも続き、門を出る。

門を抜けると、辺りはうっすらとだが明るくなっており、前の方では咆哮《ほうこう》にも似た声が聞こえてきた。

「ＡＩちゃん、センサーを使って、敵から距離を取れ。そこから狐火で燃やしていけばいい」

「わかりました！」

俺たちが門を抜けると、入れ替わるように兵士たちが町の中に入っていく。

兵士たちはまだ無事な者から明らかに重傷で仲間に肩を担がれている者などさまざまだ。

先に出た冒険者たちはそんな兵士たちを逃しながら魔物と戦っているし、上空では矢や魔法が飛び交っていた。

「ひえー。戦場です……」

「だなー……」

俺は戦場に出たことはない。

戦場とは無縁の都暮らしだし、そもそも兵士ではない俺が戦場に出ることはないのだ。

俺は前方の冒険者たちの先に見える魔物の大軍を見る。

「ここまでくると探知が死ぬな」

魔物が多すぎるため、探知で引っかかる魔力が一つの大きな塊のような気がする。

それほどまでに数が多い。

妖《あやかし》だってこんな大規模で襲ってくることなんかない。

「マスター！　オークです！」

ＡＩちゃんが言うように前方から冒険者たちをすり抜け、一匹のオークが突進してきていた。

オークは目が血走っており、昨日見たオークとは明らかに違う。

俺は護符でできた剣を構えると、突進してくるオークに向かって駆けた。

そして、オークの攻撃を躱すと、剣を振り、オークの身体を両断する。

すると、二つに分かれたオークの身体が燃え、黒焦げとなった。

「え？　何それ？」

いつのまにか近くにいたクライヴが驚いたように聞いてくる。

「この護符は一枚一枚が魔法だ。炎の魔法を使って切っただけだな」

正確には魔法じゃないけど。

「すげー！」

「どうでもいいけど、ゴブリンが来てるぞ」

興奮しているクライヴの横からゴブリンが鋭い爪を立てて、襲ってきていた。

「あらよっと」

クライヴは身をひるがえすと、槍を器用に回し、ゴブリンの身体を突く。

身体を突かれたゴブリンはクライヴにそのまま振り回すように投げられ、別のゴブリンにぶつかり、絶命した。

「おみごと」

「どうも。しかし、多いなー。いくらゴブリンとオークとはいえ、多すぎる」

たしかに多い。

雑魚《ざこ》だし、相手にはならないが多すぎる。

もし、こいつらに門を抜かれると、町は間違いなく滅び、住民にも多大な被害は出るだろう。

「戦力の差が大きいな……さすがに俺たちの方が優勢だが、数の差が圧倒的だ。長期戦になればなるほど不利だな」

「始まったばかりで士気が下がることを言うなよ」

それはそうだ。

しかし、このままではジリ貧なのは確かだろう。

「クライヴ、少し肩を貸せ」

「ん？　どういう――」

俺はクライヴが答える前にクライヴの肩に掴《つか》むと、肩を足場にし、飛び上がった。

「おい－！」

クライヴの叫びを無視して、前方を見ると、埋め尽くすような数の魔物の軍勢がいた。

あんな数の魔物が森にいるのか？

いなくね？

「地獄沼！」

俺は前方に手を向けて術を放つと、前方の地面が沼地と化した。

すると、そこにいた魔物たちがもがきながら沼に沈んでいく。

さらに後ろにいる魔物たちもお構いなしに突っ込んできたため、どんどんと沼に沈んでいく。

しかし、あまりにも数が多いため、沈んでいく魔物たちを足場にし、後方からどんどんと押し寄せてきた。

「ダメだこりゃ」

地面に着地すると、首を振る。

「すげー魔法だな。だが、それ以上にスタンピードがやべーわ」

まったくだ。

本当にどこから来ているんだよ……。

「クライヴ、魔物の殲滅《せんめつ》はなしだ。俺たちは時間を稼ぐことに専念した方が良い。王都からの援軍を待とう」

「だろうな」

もっとも、王都からの援軍とやらでこの数を対処できるかは知らないが……。

「マスター、前線の冒険者が崩れつつあります。援護を推奨します」

センサーで探知ができるAIちゃんが進言してくる。

「行くぜ！」

ＡＩちゃんの言葉を聞いたクライヴが我先に突っ込んでいった。

「俺らも行くぞ」

「はい！」

これまで後方で討ち漏らしを処理していた俺たちは傷付いた仲間に下がるように指示をしながら最前線に出た。

目の前はすでに混戦となっており、多くの冒険者が魔物たちと戦っている。

「狐火！」

ＡＩちゃんが狐火を放ち、オークを燃やす。

だが、その後ろからさらなるオークが出てきた。

「狐火！　キリがないですー……」

ＡＩちゃんがさらに狐火を放ち、オークを燃やすが、敵の数は一向に減らない。

「でかい術を放ちたいが、この混戦ではな……」

味方を巻き込んでしまう。

もう地獄沼も無理だろう。

俺たちはその後も魔物を術や剣で倒していくが、魔物の数は減らない。

とはいえ、わずかだが、魔物の勢いが落ちつつあるように見える。

「諸君、交代だ！　一度、町に戻れ！」

しばらく魔物と戦っていると、後方から指示が来た。

俺たちはその指示を聞き、少しずつ、後方に下がっていく。

すると、門が開かれ、兵士たちが出撃し、入れ替わるように俺たちは急いで門の中に引き上げていった。


「あー、疲れた」

町の中に戻ると、一息つく。

ほかの冒険者も疲れているようでその場で腰を下ろしていた。

「大丈夫です、マスター？」

息一つ切らしていないＡＩちゃんが心配そうに聞いてくる。

ＡＩちゃんは式神なので疲れることはないのだ。

「この程度はな。とはいえ、さすがに疲れた」

「お前さん、強いなー。魔法も剣もすごかったわ」

俺たちのそばで腰を下ろしているクライヴが称賛してくる。

「お前も槍さばきがすごいな。料理人だろうに」

槍を巧みに使っており、普通に強かった。

「一応、Bランクだからな。でも、きついわ。もう腕が上がらねー……」

こいつもBランクか。

どうりで強いわけだ。

俺たちがその場で休んでいると、すぐに救護班の連中がやってくる。

「ユウマ、AIちゃん、大丈夫!?」

救護班のナタリアが狛ちゃんを連れ、慌てて駆けてきた。

「怪我はないが疲れたわ」

「私は後ろから狐火を放ってただけなので問題ないですね」

「そう……あ、ヒール！」

ナタリアが回復魔法をかけてくれる。

すると、身体から疲労感がすーっと抜けていった。

「俺は?」

「あ、ポーションです。どうぞ」

微妙に無視されたクライヴが聞くと、ナタリアが小瓶をクライヴを始めとするクランメンバーに渡していった。

クライヴとほかの二人は顔を見合わせながらポーションを飲む。

「ナタリアってこういうところがあるよな」

「そっすね」

「あからさまですすもんね」

ポーションを飲んだ三人の男たちが愚痴を言い合っていた。

「無事で良かったよ。外はどんな感じ？」

ナタリアは男どもをガン無視し、俺とＡＩちゃんに水を渡しながら聞いてくる。

「ゴブリンとオークだけだが、うじゃうじゃいるな」

「うじゃうじゃ……大丈夫かな？」

どうだろう？

「お前は心配しなくてもいい。最悪はお前らだけでも助けてやる」

「う、うん……」

ナタリアの頬がちょっとだけ赤くなった。

「ナタリアのやつ、まったく俺たちが眼中にないぞ。この差はなにかね？」

「さあ？」

「顔じゃないですかね？」

この観客ども、うるさいな……。

「俺は上に行くから後は任せたわ」

「休まないの？」

「お前の回復魔法で回復した。後は上で術を放っているわ」

「そう……あ、アリスにこれを」

ナタリアが小袋を渡してきた。

「何これ？」

「飴《あめ》。あの子、糖分がなくなると、魔法が撃てなくなるの」

飴？

あー、砂糖菓子か。

「見た目どおり、ガキだな……わかった。AIちゃん、行こう」

「はい！」

俺とAIちゃんはこの場を離れ、防壁を昇る階段に向かった。

そして、階段を昇り、アリスを探していると、壁に寄りかかって休んでいるアリスと魔法を放っているアニー、そして、もう一人のクランメンバーの子を見つけたので近づく。

「休憩か？」

声をかけると、アリスたちが俺たちを見てきた。

「………あ、ユウマ」

「お疲れ」

「あ、お疲れ様です」

俺たちに気づいた三人も声をかけてくる。

「ほら。ナタリアからだ」

アリスに小袋を渡した。

「…………ありがと」

アリスが小袋を開け、飴をコロコロと舐めだしたのでアニーの横に行き、壁に肘を置きながら外の光景を見る。

「どんな感じだ？」

「見たまんまね。ずっとこれ」

アニーがそう言いながら放った火球は遠くに飛んでいき、魔物の群れに着弾して炎上する。

数匹は倒せたと思うが、それでも後方から押し寄せる魔物の群れで見えなくなった。

「蟻の群れって例えたけど、マジだな」

「本当ね。倒しても倒しても数が減らない。異常すぎ」

俺は護符の剣を天に向け、霊力を込める。

すると、剣の先に金色に輝く火球が現れ、徐々に大きくなっていった。

「さっきもここから見てたけど、なんでユウマたちの火魔法って金色なの？」

母親が金ぴか狐だから。

「そういう術だ……こんなもんだな」

直径が二メートルくらいの火球を作ると、護符の剣を魔物の群れに向ける。

「大きくない？　私の火球の数倍はあるんだけど……」

アニーが火球を見ながら呆れた。

「このくらいじゃないと敵の勢いが落ちないだろ……食らえ！」

火球を放つと、魔物の群れに飛んでいく。

そして、着弾すると、金色の火柱が上がり、数十メートル四方を焼き尽くした。

魔物たちはその炎を見て、一瞬だけ立ち尽くしたが、すぐに突撃を再開し始める。

「全然、怯《ひる》まないな。恐れを知らないのか？」

「たしかに恐ろしい魔法だったわね……対軍魔法じゃないの。でも、たしかにおかしい。魔物に恐怖心がなさすぎる」

魔物の特性はわからないが、あれだけの火力を出せば、普通は怯む。

「さっき、下で魔物を近くで見たが、目が血走ってたぞ」

「狂化状態ってこと？　うーん……群れたことで勢いづいているのかしら？　スタンピードなんて数十年前に起きて以来だからわからないわ」

「俺も知らん。ハァ……さすがに休憩するか」

アリスの隣に腰を下ろして壁に寄りかかる。

「マスター、霊力はどれくらい残っていますか？」

「まだ十分に残っているが、このペースだとすぐに尽きる。余力を残しておきたいし、休みながら術を使うわ」

「了解です。では、私は狐火を放っています」

　ＡＩちゃんが頷くと、アニーたちの横で狐火を放ち始めた。

「ところで、お前はいつまで休んでいるんだ？」

　ぐったりとしながら飴を舐《な》めているアリスに聞く。

「……私はさっきまで頑張ってた。当分、休憩」

「そうか。じゃあ、休むか」

「……うん」

　その後、休憩をしながら魔法を撃つという作業をひたすら続けることになった。


　俺たちが防壁の上で魔法を放っていると、徐々に日が沈み始め、夕方となった。

　俺はアリスと共に休憩中であり、壁に寄りかかって休んでいる。

「ん？　パメラ？」

　魔法を放っているアニーがそう言って階段の方を見たので俺もそちらの方を見ると、たしかにパメラが防壁に上がってきていた。

そのまま見ていると、パメラと目が合う。

すると、パメラがこちらにやってきた。

「どうした、パメラ？　お前も援護か？」

近づいてきたパメラに声をかけると、パメラが俺の前でしゃがみ、顔を寄せてくる。

間近で見るパメラの顔は本当に美人だと思う。

「私にそんな力はありませんよ……ユウマさん、少しよろしいでしょうか？」

パメラが声のトーンを落とした。

「なんだ？」

「夕方になりました。魔物の勢いを見るにこのまま夜になっても勢いは収まらないでしょう」

「まあ、そんな感じはするな」

そもそも暗いうちから攻めてきたし、夜だからといって、魔物が帰って寝るとは思えない。

「少しマズいことに王都からの援軍が遅れています。現在の予定では先行部隊が明朝、本隊が夕刻に着くことになっています」

遅すぎ。

「つまり今夜を今の人間だけで持ちこたえろと？　俺は戦争に詳しくないが、素人目に見てもきついぞ。冒険者も兵士も疲れ切っている。そんな中で夜を乗り越えられるとは思えない」

「私もジェフリーさんもそう判断しました。現在、町の権力者たちは市街戦も視野に入れております」

市街戦……。

「町を捨てるわけか？」

「はい。ここが落ちれば次は王都です。それを防ぐためにはこの町を戦地にし、時間を稼ぐことになります」

まあ、そうなるのかね？

「被害が大きいぞ。住民にも被害が出る」

「わかっています。これは最終手段ですが、もうそこまで来ているのです」

「ナタリアとアリスを逃がすか……」

王都まで逃がせれば大丈夫だろう。

「それも一つの手でしょうね」

パメラが頷き、肯定した。

「お前はどうする？」

話を聞いているであろうアニーを見上げる。

「私は残るわ。言ったでしょ。この町が私の帰る場所なの」

「だろうな」

さて、何人残るか……。

門を抜けられた時点で冒険者も兵士も士気が下がる。

壊走しないといいが……。

「ユウマさん、お願いがあります」

「なに？　お前も逃げるか？　逃がしてやるぞ」

「いえ、残念ながらギルド職員は避難誘導などといったやることがあるので逃げられませせん」

パメラがそう言いながら自嘲気味にうっすらと笑い、首を横に振った。

死ぬな……。

どう考えても住民が避難する速さより魔物の方が速い。

「じゃあ、なんだ？」

「例の化け蜘蛛《ぐも》を出せませんか？」

あー、そっちか……。

「逆に聞くが、出してもいいのか？　下手をするとパニックだぞ」

こんな状況で化け蜘蛛を出せば、兵も冒険者も士気が著しく下がる。

「もはやそれどころではありません」

「まあ、式神はたいした霊力を使わないからべつにいいが……」

いくら大蜘蛛ちゃんでもあの大軍をどうにかできるかね？

「マスター、大蜘蛛ちゃんを出す前に森を見てきませんか？」

悩んでいると、ＡＩちゃんが提案してきた。

「どういうことだ？」

「このスタンピードは異常です。私のデータの中にも過去のスタンピードの事例がありますが、明らかに数がおかしいです。どう考えてもこの町に来ている魔物の数は森にいる魔物の数より多いです。これは森でなんらかの異常が起きているからだと思われます。ですので、カラスちゃんを使って調査をしてみることを提案します」

ＡＩちゃんがそう言うと、上空からカラスちゃんが下りてきて、ＡＩちゃんの肩にとまる。

「そうするか……パメラ、ちょっと待ってろ」

「わかりました」

パメラが頷《うなず》いたのでカラスちゃんと視界をリンクし、森に行くように指示を出した。

すると、カラスちゃんが防壁から飛び立ち、魔物たちの上空を飛んでいく。

「すごい数ですね……」

同じく視界をリンクしているＡＩちゃんがつぶやいた。

「そうだな」

カラスちゃんは速く、あっという間に森までやってくると、森の上空を旋回しだした。

「……森の中までですか」

「昨日とは大違いだな。一日でこんなに増えるとは思えん」

森の中はオークやゴブリンで溢《あふ》れており、木々がしなり、森全体が揺れているようだった。

「ん？　マスター、魔物ですが、同じところから来ていませんか？」

ＡＩちゃんが言うように森の浅いところでは所狭しと魔物がおり、森全体が揺れているように見えるが、森の奥に向かうにつれて、木々が揺れているのがどんどんと細くなっていた。

「あっちに何かあるな……」

俺はカラスちゃんに指示を出し、森の奥に向かわせる。

すると、とある地点で木々の揺れがなくなっているのが見えた。

「あそこですね」

「ああ。ついでに言うと、とんでもない魔力を感じるぞ」

なんだこれ？

オークやゴブリンの比ではない。

それどころか俺が知る中でいちばん魔力が高いアニーよりも遥《はる》かに強い魔力を感じる。

これは……妖気で言えば、大妖怪レベルだ。

「すごいな……ッ！」

「――なっ!?」

突然、カラスちゃんとのリンクが切れてしまい、視界が元に戻った。

「どうしました!?」

「………どしたの？」

「なーに？」

俺たちが声を出し、AIちゃんに至っては目を押さえだしたのでパメラ、アリス、アニーが声をかけてくる。

「魔物の発生源を見つけたが、カラスちゃんが撃墜された」

リンクが強制的に切れたということはカラスちゃんが死んだんだ。

「カラスちゃんがー……」

AIちゃんが悲しい声を出した。

「え？　魔物の発生源ですか!?」

パメラが驚きながら聞いてくる。

「ああ。森の奥に何かあった。それと同時にとんでもない魔力を感じたな」

「なんでしょうか？」

「さあな。カラスちゃんにもう一回見てきてもらってもいいが、結果は同じじゃないかな？」

そう言いながら護符を取り出し、カラスちゃんを出した。

「カー」

カラスちゃんはすぐにＡＩちゃんの肩に飛び乗る。

「…………あ、復活するんだ」

アリスがカラスちゃんを見ながら安堵《あんど》した。

「式神だからな……もう一回行くか？」

「カー！」

嫌そうだ。

「さて、どうするか……」

腕を組みながら考えてみる。

何があるかはわからないが、原因はあそこだろうな……。

行ってみるかね？

「マスター、危険では？　戦闘用の式神ではないとはいえ、上空のカラスちゃんを撃墜する相手ですよ？」

俺の思考を読んだＡＩちゃんが止めてきた。

「そうなんだが、このままでは町が滅ぶぞ。さらにパメラとアニーが死ぬ」

「それはそうでしょうけど……」

ＡＩちゃんが言い淀む。

「私たち、死ぬことが決定してる？」

「まあ、その確率が高いですし、覚悟もしていますが、はっきりと言われたくはないですね」

いや、確実に死ぬわ。

「お前らのその貧弱な身体ではゴブリンはともかく、オークに対抗できんわ。いくら魔法があっても四方を囲まれて終わり。火を見るより明らかだ」

「「…………」」

二人が黙った。

「お二人を助けるんですか？　私的にはマスターがいちばんですけど」

「こいつらもだし、町の住人もだろ。どれだけの数が死ぬと思っている？」

「それはそうですけど……」

「力がある者の責務だ。それにこのままジリ貧で敗走するよりかは良いだろう」

人々を救うのが俺の仕事であり、使命なのだ。

「じゃあ、行きます？」

「そうだな、やはり原因を絶つのがいちばんだろう。お前はどうする？」

「もちろん行きます！」

まあ、そう言うと思った。

正直、足手まといっぽいが、賢いから連れていこう。

原因があそこだとしても何があるかわからないし。

「パメラ、そういうわけだから大蜘蛛ちゃんを出した後、森の奥に行ってみるわ」

「ほ、本当に行くんですか？　魔物がいっぱいいますし、危険ですよ？」

パメラが俺の袖を掴んできた。

「なに？　お前、死にたいの？　オークに踏みつぶされるぞ」

「いや、それは絶対に嫌ですけど……」

「だったら行ってくる。俺がお前を助けてやろう」

感謝しろ。

「よっ！　マスター、かっこいい！　恩着せがましいけど！」

一言多い人工知能だな……。

良い仕事を回してもらわないといけないだろ。

「では、暗くなる前に行くか……」

夜の森は危ないし。

「マスター、どうやって森まで行くんですか？　カラスちゃんに運んでもらうのは無理だと思いますけど」

ＡＩちゃんがそう言うと、肩に乗っているカラスちゃんがうんうんと頷く。

「蜂かなー？」

「まーた虫ですか」

「空を飛ぶのって虫か鳥だろ」

「鳥でいいじゃないですか……でっかい鳥」

でっかい鳥ねー……。

そう提案されたのでＡＩちゃんの肩に乗っているカラスちゃんを見る。

すると、カラスちゃんと目が合い、カラスちゃんが首を傾《かし》げた。

「大きい鳥の式神を作ってもいいか？　お前がほぼ役立たずになるが……」

「カー！」

カラスちゃんが羽をばたつかせた。

「嫌だって」

「あー、それもそうですね。じゃあ、蜂さんで行きますか。しかし、目立ちませんかね？」

「それもそうだな……でも、仕方がないだろ」

大きい蜂が空を飛ぶのはどうしても目立ってしまう。

「認識阻害の魔法をかけてあげるわ」

アニーがそう言って、俺たちに杖を向けてくる。

「認識阻害って？」

「完全に認識されなくなるわけじゃないけど、微妙に気にされなくなる」

微妙なのか……。

「まあ、ないよりマシだな」

「そうですね。先に大蜘蛛ちゃんを出しましょうよ。それなら注目がそちらに行くので認識阻害の効果が上がると思います」

なるほど。

さすがはＡＩちゃん。

俺の頭脳なだけあって賢い。

「よし！　じゃあ、ついに大蜘蛛ちゃんの出番だな！　行ってこーい！」

俺は懐から護符を取り出すと、防壁から魔物の群れに向かって投げた。

SIDE アニー

ユウマが投げた紙はひらひらと上空を飛んでいく。

私たちはそれを目で追っていた。

すると、上空に飛んでいった紙が突如、黒くて大きな塊に姿を変える。

その姿はたしかに蜘蛛《くも》だった。

だが、大きさが異常であり、オークが小粒に見えるほどに巨大だ。

そして、その蜘蛛から感じる魔力で背中が冷たい汗でびっしょりとなった。

凶悪すぎる姿……そして、怖ろしいまでの魔力を感じる。

冒険者を始めて数年が経ち、Bランクになって一年以上が経つが、あんなバケモノを見たことがない。

「何、あれ……？」

どうにかして声を出す。

「大蜘蛛《おおぐも》ちゃんだ。よし！　行くぞ」

ユウマはそう言うと、またもや紙を出し、その紙を近くに投げた。

すると、今度は目の前に人の身長くらいはある大きな蜂が現れる。

防壁に巨大な蜂が現れたのだが、周囲にいる人たちは誰も蜂を見ていない。

私の認識阻害のおかげでもあるが、それ以上に突如として現れた化け蜘蛛を呆然《ぼうぜん》と見続けているのだ。

「大きいですねー。この針に刺されたら毒とか以前に死にそうです」

固まっている周囲の人を尻目にＡＩちゃんがしゃがんで巨大な蜂のお腹を見る。

「あ、毒はなかったりするな」

「え？　蜂なのに？　この子、なんのための式神です？」

「正直に言うが、虫型の式神はほぼ使ったことがない……あれ？　なんでだっけ？」

ユウマが腕を組んで悩みだした。

「あー……マスター、そこは思い出さなくていいです。ほら、マスターの家って女性が多かったじゃないですか」

「そういうことか……女は虫を嫌がるよな」

よくわからないが、ユウマが納得する。

「ごめんなさい、女性が虫を好まない以前に大きい虫を好む人間はいないと思いますよ。いや、それはいいです。早く行きましょう」

「そうだな」

二人は蜂によじ登り、背に乗る。

正直、よくこんなでかい蜂に乗れるなと思う。

私は触るのも嫌だ。

「パメラ、ジェフリーに適当なことを言っておけ」

「わかりました」

パメラがドン引きした顔で頷いた。

すると、ユウマとAIちゃんを乗せた蜂が空高く飛び上がり、森の方に向かっていく。

「ね、ねえ……術者が離れちゃったけど、あれ、本当に大丈夫なの？」

マズくない？

「……大丈夫でしょ。カラスちゃんもここにいるし」

二人がかわいがっていた黒い鳥はいつの間にかアリスの肩にとまっていた。

「アリス、あんなのをパーティーに入れたの？　はっきり言うけど、人間じゃないでしょ」

あれだけ強力な魔法を放ち、剣も使えていた。

そして、あんなバケモノを出すことができるのは人とは呼びたくない。

もっと言えば、魔力を隠しているのだろうが、まったく魔力の底が見えなかった。

「……パーティーは乗っ取られた。今はユウマがリーダー」

「えー……」

どんだけ図々しい居候なんだ。

「……問題ない。Aランクパーティーへの道筋は見えている」

おんぶに抱っこか。

というか、寄生じゃないの。

「しかし、あの蜘蛛、全然、動きませんね？」

パメラが化け蜘蛛を眺めながら言う。

たしかに化け蜘蛛はまるで動く気配を見せない。

「魔物たちも動いていないけどね」

あれだけ熱量を持っていた魔物たちが完全に固まってしまっている。

魔物だけでなく、下にいる兵士や冒険者たちも動けなくなっていた。

あの化け蜘蛛はそれほどまでの存在感があるバケモノなのだ。

そんなバケモノが突如として現れたのだからみんな、固まるだろう。

「………………あ、動いた」

アリスが言うように化け蜘蛛が一本の脚をゆっくりと上げた。

次の瞬間、ものすごい勢いで振り下ろし、一匹のオークを踏みつぶした。

いや、踏みつぶしたというより、突き刺したという表現の方が正しいだろう。

当然だが、オークは息絶えている。

魔物たちは攻撃されたことで敵認定したらしく、すぐに咆哮を上げながら化け蜘蛛を襲い始めた。

先程までの静かさは消え、魔物たちの咆哮と熱量が戻ってきたのだ。

魔物たちは化け蜘蛛の脚に取りつき、なんとか登ろうとしている。

化け蜘蛛の身体は長い脚の先にあるため、ゴブリンやオークでは脚を登らないと身体に届かないのだ。

魔物たちが足を登り始めると、化け蜘蛛が再び、動き出した。

化け蜘蛛は一本一本の脚を巧みに使い、確実に魔物たちを突き殺していく。

すると、徐々に化け蜘蛛の足元には魔物たちの原型をとどめていない死体が積み重なっていった。

私たちは魔物たちがなすすべなく殺されている光景を見ていることしかできなかった。

「あれが例の化け蜘蛛か？」

声がしたと思ったらいつの間にかギルマスのジェフリーが私たちの横に立っていた。

「あ、ジェフリーさん。ユウマさんが出していかれました」

パメラが答える。

「そうか……ん？　あいつはどこに行ったんだ？」

「森の奥に魔物の発生源があるらしく、大きな蜂に乗って、飛んでいっちゃいました」

「意味わからん」

たしかに。

実際に見ていないとわからないだろう。

「ん？」

ジェフリーが私たち同様に混乱していると、化け蜘蛛から魔力を感じた。

すると、化け蜘蛛の顔の前に火花が散る。

「まさか……」

嫌な予感がしていると、突如、化け蜘蛛の前方が燃え上がった。

当然、そこにいた魔物たちは焼け死んでいく。

「魔法……」

あの化け蜘蛛、魔法も使えるらしい。

「ありゃ、Aランクどころか災害級のバケモノだな」

ドラゴンと同列かー。

その後も蹂躙《じゅうりん》は続いていく。

オークやゴブリン程度ではどうしようもない相手なのだ。

というか、私たちでも無理。

「ところで、この場にユウマさんがいないんですけど、あれって消えるんですかね？」

パメラが暴れている化け蜘蛛を眺めながらそう言うと、みんなでアリスを見る。

「………知らない。カラスちゃん、知ってる？」

「カー？」

何を言っているかはわからないが、知らないっぽい。

「しかし、あいつ、あんなもんを使役できるなんてヤバすぎだろ」

たしかにヤバい。

ヤバいのだがそれ以上にヤバいことがある。

「ジェフリー、ロクに魔法が使えないあなたに良いことを教えてあげる。式神だかなんか知らないけど、どんな魔法だって絶対に術者以上の魔力を持ったものは生み出せないわ。つまり、ユウマはあれ以上のバケモノってこと」

これは絶対だ。

「どうしよ……あいつ、大人しくしてくれるかな？」

「し、紳士な方ですし、大丈夫じゃないですか？　それに優しいし……」

たしかに紳士だとは思う。

自分で言うのもなんだが、扇情的な格好をしている私と話していても一切、身体を見てこないし。

「おい、アリス、大丈夫か？」

パメラの様子を見て不安になったジェフリーがアリスに確認する。

「……………大丈夫じゃない？　目立ちたがり屋でもないし、そんなに野心がある人でもないしね。ただ、パメラとナタリアはもうダメだと思う」

「なんで私？　ナタリアさんはわかるけど……」

逆にナタリアはわからないけど、パメラはわかるわね……。

「いや、お前ら、なんの話をしているんだ？」

女の話。

第九章 ― 敵

「マスター、森が見えてきましたよ！」

ＡＩちゃんが言うように前方には森が見えている。

「敵の攻撃があるから気を付けろよ」

「はい！」

ＡＩちゃんは頷《うなず》くと、俺の背中に抱きついてきた。

そのまま飛んでいくと、森の中にいる魔物の数が徐々に減ってくる。

「マスター、あそこです！」

たしかにカラスちゃんとリンクしてみた場所だ。

つまり……。

「下か！」

俺は魔力を感じ、ＡＩちゃんを抱きかかえながら蜂さんから飛び降りた。

すると、蜂さんが謎の光線に貫かれ、消滅する。

「あー！　蜂さんがー！」

それどころではない。

次は俺たちの番だ。

俺はすぐに懐から護符を取り出す。

すると、予想どおりに光線が飛んできたので護符で結界を張った。

光線は結界に当たるが、貫くことはできずに止まった。

しかし、当たり前だが、俺たちはそのまま森に落ちていってしまう。

途中、木の枝に当たったりして、結構痛かったが、なんとか着地というか、地面に落ちた。

「いたた……」

背中を打った……。

「大丈夫ですか!?」

傷一つないAIちゃんが聞いてくる。

「大丈夫。しかし、よく考えたらお前を庇う必要はなかったわ」

抱いていたAIちゃんを庇《かば》うために余計に枝に当たり、着地にも失敗してしまった。

「本当ですよ。むしろ盾にするぐらいでいいです」

いや、小さい子を盾にするのは難しい。

「まあいい。それよりも誰かいるな……」

「はい。たしかにすごい魔力を感じます。おそらくですが、さっきの光線を出した者でしょう」

　あれも魔法かね？

「行くぞ。こっちだ」

「はい！」

　俺は立ち上がると、大きな魔力を感じるところに向かって歩いていく。

「魔物が消えたな……」

　周囲には魔物の魔力を感じない。

　感じるのはでかい魔力一つだけだ。

「私たちへの対処に力を注ぐつもりなのでしょう。どうやら今回のスタンピードは人為的に魔物を発生させていたようですね」

　俺もそう思う。

　そして、魔力を隠していないところを見ると、こっちに来いって言っているな。

　俺たちがそのまま歩いていくと、少し開けたところに出る。

　そこには一人の男が立っていた。

　男は青白い肌をしており、とても健康的には見えない。

　しかも、髪が白く、おじいちゃんみたいだった。

　だが、顔つきや肌は若い青年っていう感じであり、よくわからないが、これまで見てきた人間とはどこか違っている。

「やはりあの時の貴様か……俺の魔法を防ぐとはたいしたものだ」

男がフッと笑う。

「誰だ？　知り合いだったら悪いな」

「いや、俺が一方的に知っているだけだ。お前は気づいていないだろう」

「あー、昨日の……」

今気づいたが、昨日の違和感はこいつだ。

変な感じがしたが、今感じているこいつの違和と同一のものだ。

「チッ！　気づいていやがったか……」

男が舌打ちをした。

「マスター、この者は魔族です」

「ほう……」

ＡＩちゃんの言葉に男が感心する。

「魔族って？」

「前にこの世界にはいくつかの種族があることを言いましたよね？　その一つが魔族です。生まれつき高い魔力を持ち、残虐で非道な種族である人類の敵です」

まあ、いい人には見えんな。

「魔族ねー……スタンピードだっけ？　魔物を発生させていたのはお前か？」

一応、聞いてみる。

「そうだ」

「なんでそんなことをするんだ？」

「人族を滅ぼすため以外に理由がいるか？」

いや、いるだろ。

話が通じているようで通じてないな。

「人類の敵、か……しかし、スタンピードなんてよく起こせるな。あの魔物の量はなんだ？」

「あそこに鏡があるだろう？」

男が自分の後ろを指差した。

男の後ろにはたしかに鏡が転がっている。

「あるな」

「あれは転送装置だ。あれで各地から魔物を呼び出している」

すごく便利だな。

「欲しいな」

「お前が持っていても使えんぞ。あれはゴブリンやオーク程度の魔力を持つ者しか転送できない」

だからオークとゴブリンしかいなかったわけね。

町を滅ぼしたいならもっと強力な魔物を呼べばいい。

「原因はよくわかった。壊すか……」

「そうか。では、抵抗しよう」

男が構える。

「抵抗？　まるで俺がお前を殺そうとしているみたいな言い方だな？」

「違うのか？」

「逆だろう？　お前が俺を殺そうとしているのだ。素直にべらべらとしゃべっているのは俺を殺すつもりだからだろう？　それと少しは殺気を隠したらどうだ？　残虐非道の魔族君」

俺がそう言うと、男がニヤリと笑った。

「炎よ！」

男が手をかざすと、炎が俺たちを襲う。

だが、炎が到達する前に護符を投げると、炎が一瞬にして消えた。

「やはり妙な魔法を使う……貴様、何者だ？」

「冒険者だな。何者と言われても困るが、転生者ってやつらしい」

「チッ！　それでか……良いギフトをもらったらしいな。だが、その程度で粋がるなよ！」

男はそう言うと、腰を落とし、突っ込んできた。

そのまま殴りかかったきたので身体を逸らして躱《かわ》す。

「死ね！」

男は俺が避けたことで体勢を崩していたが、指をこちらに向けてきた。

すると、指が光り、さっきの光線が勢いよく、俺の顔面に向かってくる。

とはいえ、魔力を感知していたからバレバレだったため、顔を逸らして躱した。

「チッ！　ギフト頼りの無能ではないらしいな」

舌打ちが多い男だな……。

「マ、マスター、大丈夫です？」

ＡＩちゃんが心配そうに声をかけてくる。

「問題ない。危ないから下がっていろ」

「はーい」

ＡＩちゃんは俺たちに背を向け、トコトコと走っていき、木の裏に隠れた。

「残虐非道の魔族君、人質にするといいぞ」

俺はチラッとＡＩちゃんを見た男に助言をする。

「そんなバレバレな誘いに乗るものか」

「あっそう……」

まあ、人質は意味をなさないからな。

いつでも消せるし、死んだら死んだでまた出せばいい。

「想像以上の強さを持っているようだな……少しだけ本気を出そう」

「そうだな。まだ一割程度しか出していないようだからもう少し出してくれ。このままでは相手にならん」

そう言うと、男が目を細める。

「いいだろう！　魔族の恐ろしさを教えてくれるわ！　死ねっ！」

男はそう言うと、距離を取る。

そして、両手を俺に向けてきた。

「ダークフレイム！」

男の手から黒い炎が現れると、一瞬にして俺の周囲が黒い炎で燃え広がる。

「すごい魔力だなー」

「くたばれ！」

俺を囲んでいた黒い炎は一瞬にして俺に迫ってくると、俺の視界が真っ黒に染まった。

「ふう……」

俺は燃え広がったダークフレイムを見て、一息ついた。

得体の知れない相手だったがこんなものだ。

避けることもできずに燃え尽きただろう。

こちらの魔力を見破られた時は少し焦ったが、もしかしたらそういうスキルを持っていたのかもしれない。

「あとは……」

俺は木の後ろに隠れ、顔を覗《のぞ》かせているガキを見ると、手をかかげた。

こいつを処理してしまい、魔物の転送作業に戻ろう。

もっとも、もう町を落とすには十分すぎる魔物は出しているし、あとは念のための作業にすぎない。

「死ね、ガキ」

木の裏に隠れているガキに向かって火の魔法を放った。

すると、すぐに木ごと燃え上がる。

「……は？」

思わず声が出た。

何故なら、木は燃え上がり、真っ黒に焦げたのだが、木の裏にいるガキは火傷《やけど》一つついていない。

ただ、ずっと同じ体勢でこちらを覗き込んでいた。

ど、どういうことだ？

魔法障壁でも張っていたか？

いや、そんな魔力は感じなかった！

「すまんね」

今度はダークフレイムの方から声が聞こえた。

すると、異様なまでの魔力を感じた。

「な、なんだ？」

ダークフレイムの中から先程の男が無傷で出てくる。

「実を言うと、俺もＡＩちゃんも火はまったく効かないんだよ」

そう言う男の目が金色に輝いている。

いや、そんなことはどうでもいい！

それよりもこの異常なまでの魔力はなんだ!?

「き、貴様、人間じゃないな!?」

ありえない。

人族とは思えない魔力だ。

しかも、魔力の質が我ら魔族に近いくらいに悪質だ。

「人間、人間。どう見ても人間だろう？」

そう言って笑う男の姿はバケモノそのものだった。

「くっ！　魔人か！」

「いや、知らん。なんだそれ？」

クソッ！

不気味な男だと思っていたが、人であって人でない魔人だったか！

「白々しい！　炎が効かないならこれでも食らえ！」

指を向け、光線を放った。

光線は男の顔に一直線で向かう。

しかし、男の顔に当たる直前で霧散してしまった。

「は？」

な、何が起きた？

「同じ魔法を何度も使うなよ。対策してくれって言っているようなものだぞ？」

な、何を言っている!?

対策ってなんだ!?

「まあ、こんなものか……暗くなりそうだからさっさと終わらせてやろう」

男は空に向かって手を上げた。

すると、一瞬にして巨大な金色の火球が現れる。

「な!?」

速い！

魔法の展開が速すぎる！

あんな上級魔法を一瞬で作りやがった！

「黒い炎はダサいからやめた方が良いぞ。じゃあな」

男がそう言うと、金色の火球が迫ってきた。

そして、一気に燃え広がる。

「がっ！」

なんという熱量だ！

マズい！

結界が破られる！

俺は全魔力を使って再度、結界を張ると、なんとか飛び上がって避難する。

そして、木の枝に飛び降りた。

「よく逃げられるなー」

「貴様、名はなんという?」

「俺?　ユウマだ」

ユウマ、か。

「覚えておこう!　次に会った時がお前の最後だ!」

「ないない。ところで、お前の名は?」

「俺はスヴェンだ!　次に会うのを楽しみにしているぞ、ユウマ!」

俺はそう言い残すと、さっさとこの場から離れることにした。

第十章――解決

スヴェンはかっこつけながら逃げていった。

「だっさ……」

終始劣勢だったくせにどうしてあそこまで言えるかね？

俺が追っていったらどういう顔をするんだろう？

「マスター、ご無事ですかー？」

ＡＩちゃんが木の裏から出てくると、走ってこちらにやってくる。

「まあな。魔族ってあんなんなのか？」

「さあ？　私もデータを持っているだけで直接会うのは初めてです」

「変なやつだったな」

粋がるなって言ってたけど、自分がいちばん粋がってた。

「まあ、そうですかね？　ところで、逃がしていいんです？」

「知らない土地で追うのものな……それにもう夜になる。さっさと戻ろう」

「それもそうですね。というか、早く大蜘蛛《ぐも》ちゃんを消した方が良い気がしてきました」

たしかに……。

「そうだな……AIちゃん、あの鏡をどうしようか？」

向こうで落ちている鏡を見る。

「ちょっと見てみましょう」

AIちゃんがそう言って鏡のところに歩いていったので俺も後ろをついていく。

鏡の前まで来ると、AIちゃんが鏡を拾い、覗《のぞ》き込んだ。

「どうだ？　何かわかるか？」

「少々お持ちを……インストール中……インストール中……インストール中……インストール完了……たしかに転送装置のようですね」

便利な子。

やっぱり連れてきて正解だった。

「仕組みは？」

「対となる鏡が別の所に設置されており、そこと繋がっているようです。魔力を流せば繋がるようですね」

すげーな。

「危険だし、没収しておこう。しまっとけ」

「はい」

ＡＩちゃんは頷《うなず》くと、空間魔法を使い、鏡をしまった。

「しかし、そうなると、なんでこんな森の中なんだろう？　町中で繋げればいいのに」

「そうしない理由があるのでしょうね。しかし、情報が少なすぎて不明です」

それもそうか……。

「元は絶ったし、戻ろう」

「はい」

町に戻ることにしたので懐から護符を出すと、再び、蜂さんを出す。

「蜂さんだー」

ＡＩちゃんが嬉《うれ》しそうに言うと、蜂さんも嬉しそうに上下に飛ぶ。

「こいつもか……なんか俺の式神がみんな、意思を持っているっぽいなー」

いちばん顕著なのはカラスちゃんだけど。

「そりゃマスターのスキルは人工知能ですもん。私とリンクしていますし、式神たちもリンクしています。意思くらいは持ちます」

俺のスキルのせいかい……。

ということは大蜘蛛ちゃんもか……。

「急ごう。意思を持った大蜘蛛ちゃんが怖い」

「それもそうですね」

俺たちは蜂さんに乗ると、さっさと戻ることにした。

徐々に暗くなってくる上空を飛んでいると、町の近くまで戻ってくる。

すると、あちこちで燃え上がるチリル平原と大量の魔物の死体、そして、逃げる魔物を追う大蜘蛛ちゃんとすれ違った。

「大蜘蛛ちゃん、頑張ってるなー」

蜂を空中で止めると、魔物を踏みつぶしている大蜘蛛ちゃんを見ながらつぶやく。

「怖いですよ……リンクしてみましたが、死ねを連呼しながら笑っています……」

怖いね……。

「もう魔物も潰走したみたいだし、消しとくかな……」

「それがいいと思います。魔物も明らかに戦意を失っているようです。恐らくですが、あのスヴェンが狂化の魔法を使っていたんでしょう」

そのスヴェンがいなくなって効果が切れたわけか……。

平静になれば、知能の低そうなオークやゴブリンでも大蜘蛛ちゃんに勝てるわけないのはわかるもんな。

「大蜘蛛ちゃん！」

呼び止めると、大蜘蛛ちゃんが動きを止め、こちらを見る。

よかった……。

言うことを聞いてくれたわ。

意志を持っているらしいし、ちょっと不気味だから聞いてくれないかと思ったわ。

「戻れ」

俺はそう言って、大蜘蛛ちゃんを消した。

「まだ殺せたのにーって言ってましたね」

ま、まあ、蜘蛛は肉食だからな。

ちょっと凶暴でも仕方がない。

狐《きつね》も肉食だけど……。

「AIちゃん、帰ろう」

「そうですね」

俺たちはそのまま蜂さんに町まで送ってもらう。

そして、町まで戻ると、防壁の上に降り、蜂さんを消した。

防壁の上には出発した時と変わらないメンツに加え、ジェフリーもいるが、ほかの冒険者はおらず、数人の兵士がいるだけだった。

「ただいま」

「………おかえり。どうだった？」

蜂さんを消すと、アリスが聞いてくる。

「終わったぞ。もう魔物がやってくることはないと思う」

「ユウマ、詳しく話してくれ。こっちは化け蜘蛛が暴れていたのだが、急に魔物どもが逃げ出したんだ」

ジェフリーが説明と経緯を求めてきた。

「スタンピードの発生原因を見つけたから行ってみたんだ。そしたら、変な男がいた。AIちゃんいわく、魔族だって」

「……魔族だと!? それは本当か!?」

ジェフリーが顔を近づけ、周囲に聞こえないようにしながら声を荒げる。

近い……。

パメラとの差がすごい。

「本人もそう言ってたし、本当じゃないか？ 俺は見たことも聞いたこともなかったから知らない」

「魔族……」

ジェフリーが神妙な顔で悩み出す。

「とにかく、その魔族が原因だった。でも、逃げたし、原因もなんとかしたからもう大丈夫だぞ」

「逃げた？ 魔族がか？」

ジェフリーが意外そうな顔をした。

「そうだな。ちょっと撫《な》でてやったらダサい捨て台詞《ぜりふ》を吐いて逃げやがった。悪いが、森に不慣れだから追わなかった」

「戦ったのか……危ないことをするな、お前。魔族は強敵だぞ」

そうなのか？

まあ、全員が全員強い訳ではないだろうし、あんなせこいことしていたようなやつだから弱い魔族だったんだろう。

「だから知らないんだって。俺はこの前、ここに来たばかりだぞ。それにまあ、たいした相手ではなかった」

「そうか……詳しい話を聞きたいが、後にしよう。とにかく、原因を処理してくれて助かった。また、化け蜘蛛を出してくれたおかげでなんとかなったわ」

まあ、大暴れしてたみたいだしなー……。

「これからどうするんだ？」

「今はまだ待機だ。とはいえ、冒険者たちには休むように言ってある。今夜は兵士が見張りをするから各自、身体を休めてくれ」

魔物が逃げ出したとはいえ、また来る可能性もあるからな。

もっと言うと、大蜘蛛ちゃんが引き返してくるのが怖いんだろう。

「なあ、大蜘蛛ちゃんはどう説明するんだ？」

「それは魔族のことも含めてこれから考える。あとで使いを出すからギルドに来てくれ」

報酬はくれるんだろうか？

「わかった。クランの寮に戻っていいのか？」

「ああ、かまわん」

自分の家の布団《ふとん》で寝れるのか。

それはありがたい。

「お前らはどうするんだ？」

この場に残っている女どもに聞く。

「いや、私らはあんたを待ってたのよ」

アニーが腕を組んで答えた。

「あ、そっか……悪いな。眠いし、帰ろうぜ」

「そうね」

「…………眠い」

朝早くから起きてずっと戦いっぱなしだったもんな。

俺たちは休むことにし、この場をあとにすると、クランの寮に戻り、解散となった。

俺は自室に戻ると、風呂に入り、就寝する。

この日の夜は特に招集もなかったし、魔物の魔力も感じなかったのでちゃんと眠ることができた。

そして翌日、遅めに起きた俺たちは布団から出て、机の前に座る。

「腹減ったな……」

よく考えたら一昨日の夜からロクに食べてない。

「ナタリアさんに頼んできます」

ＡＩちゃんがそう言って部屋を出る。

しばらくすると、ナタリアとアリスが四人分の朝食を持って部屋にやってきた。

「ユウマ、おはよう」

「………おはよう」

ナタリアとアリスが朝食を机に置きながら挨拶をしてくる。

「おはよう。お前らも朝食を食べてなかったのか？」

「私もさっき起きた」

「………私はＡＩちゃんに起こされた」

やはり二人も疲れがあったようだ。

「大変だったもんな。怪我はないか？」

「私は回復係だったから大丈夫だよ」

「…………私も上から魔法を撃つだけだったから怪我はない。単純に疲れただけ」

そうだろうなとは思っていたが、ちょっとほっとした。

「なら良かったわ。女が怪我をするもんじゃない」

「いや、私ら、冒険者だから」

「…………怪我どころか死ぬことだって覚悟している」

こういうところは物騒な世界だよな。

「そんな覚悟はいらん。俺がいるうちは死なせんし、怪我もせんわ」

俺を誰だと思っている？

国いちばんの陰陽師と呼ばれた如月《きさらぎ》の当主だぞ。

「う、うん」

「…………頼もしいリーダー。一生、ついていく」

ついてこい。

「ほかの連中は？　一緒に上にいたやつはわかるが、外に出ていたクライヴたちも無事か？」

「うん。多少の怪我はしてたけど、それも回復魔法やポーションで治ったよ」

「…………ウチのクランメンバーは全員無事」

ほかのクランや兵士には被害が出たんだろうな。

「アニーの家族のことは聞いてるか？」

「アニーさんの家族も問題ないらしいよ。というか、住民の被害はない。転んで負傷なんはあったらしいけど、それもたいしたことじゃないよ」

住民の被害はゼロか。

それがいちばん大事だろうから町としても良かっただろう。

「ふーん……」

「それより魔族って本当なの？」

ナタリアが聞いてくる。

「らしいぞ。AIちゃんが言うんだから本当だろう」

「本当ですよ。間違いないです」

AIちゃんがうんうんと頷いた。

「そっかー……なんか物騒になってきたな……」

「なにも問題ねーよ。たいした強さじゃなかったし、お前らが心配するようなことじゃない。さっきも言ったが、魔族とやらが襲ってきてもお前らが傷付くことなんてねーよ」

あの程度なら二人を守りながらでも十分に戦える。

狛《こま》ちゃんもいるしな。

「ああ……ユウマが物語に出てくるヒーローに見える」

なんだそれ？

「物語？　本かなにか？」

「本だよ」

「へー……面白いのか？」

「面白いし、ドキドキするよ。貸してあげる」

ドキドキする本ってなんだろ？

「どうも……お前も本を読むのか？」

アリスに聞いてみる。

「……私はあまり読まないね」

趣味嗜好《しゅみしこう》は人それぞれだわな。

それにしても……。

「この世界って識字率が高そうだな」

「……識字率？　文字の読み書きのこと？」

「そうそう。ギルド職員のパメラはともかく、お前らも読み書きができるんだよな？」

「……そりゃ学校に通ってたしね」

学校か……。

「ユウマの世界は文字の読み書きが普及してなかったの？」

ナタリアが聞いてくる。

「都の人間や大きい町の人間はできる。でも、ちょっと離れた農村の人間は微妙だな」

自分の名前くらいは書けると思うが。

「それはこっちでも一緒だよ。というか、地方によるね。私たちは王都の人間だし、普通に習った。まあ、私は本が好きだったから自主的に覚えたけど」

偉いな。

「……というか、冒険者になるなら文字を読めないと話にならないからね、依頼票が読めないもん」

たしかに大事だわ。

「なるほどな。俺はＡＩちゃんがいてくれて良かったわ」

「でしょー」

ＡＩちゃんがえっへんと胸を張る。

「……ＡＩちゃん？　ユウマはＡＩちゃんに文字を習ったの？」

「俺は異世界の人間だからな。文字の読み書きどころかしゃべる言葉すら違う。それをＡＩちゃんがインストールとやらで学習してくれたんだよ」

頭が重くなったがな。

「……便利な子だね」

「というか、意思疎通すら難しかったかもしれなかったわけか」

もし、最初に会った時に言葉が通じなかったらこいつらは俺を馬車に乗せてくれただろうか？

「よしよし」

ＡＩちゃんが通訳してくれるだろうが、微妙なところだな。

「えへへ」

頭を撫でると、ＡＩちゃんが笑顔になった。

「それでユウマ、今後はどうするの？」

ナタリアが聞いてくる。

「今後？」

「うん。主に仕事」

「………できるのかな？　なかったら移動も考えないといけない」

稼がないといけないから別の町に移動も視野に入れないといけないわけか。

「お前らは移動してもいいのか？」

「ユウマがそうするって言うなら従うよ。このクランは居心地が良いし、移籍はしたくないから一時的な遠征にして欲しいけどね」

「………そうだね」

うーん……。

「どうかねー？　リリーのことがあるだろ。町を離れるのはどうなんだ？」

リリーは実家に戻っているらしいが、近いうちに帰ってくる。

その時に俺たちが別のところにいると、マズいだろう。

「あ、たしかに」

「………でも、仕事がないのはきついよ。貯《たくわ》えがないわけじゃないけど、今後のことを考えると不安」

当然だな。

「ジェフリーにその辺を聞いてみるわ。魔族の話をするって言ってたし」

使いを出すからギルドに来いって言っていた。

「お願い」

「………よろしく、リーダー」

俺たちはその後も話をしながら朝食を食べた。

そして、朝食も済み、二人が自分の部屋に戻っていったのでＡＩちゃんと部屋でゴロゴロする。

そのまま部屋でゆっくりしていると、ノックの音が部屋に響いた。

「誰ー？」

『あ、私です』

この声はパメラだ。

「入っていいぞ」

入室の許可を出すと、ガチャっと扉が開き、パメラが部屋に入ってきた。

「こんにちは」

パメラは部屋の中をキョロキョロと見渡しながら挨拶をしてくる。

「よう。どうした？」

「変わった内装だなって思って……ん？」

パメラが扉の前に並べてある俺とＡＩちゃんの靴をじーっと見た。

「あ、靴は脱げよ。悪いが、俺はそういう生活をするところから来たんだ」

「なるほど。ユウマさん、ちょっとお時間をいただいてもいいですか？」

パメラはそう言いながら靴を脱ぐ。

「いいぞ。まあ、座れ。ＡＩちゃん、お茶」

「はい、ただいまー」

ＡＩちゃんがお茶を準備しだした。

「お構いなくー」

パメラが座りながらＡＩちゃんに声をかけるが、ＡＩちゃんはお茶の準備を止めない。

「パメラ、なんの用だ？」

「あ、そうでした。昨日の件なんですけど、詳しい話を聞いてもいいですか？」

「ギルドに行くんじゃなかったっけ？　ジェフリーは？」

「今朝、王都から先行隊が到着しましてね。その対応に追われているので私が来ました」

そういや、明朝に着くって言ってたな。

そりゃ、忙しいわ。

「それで？」

「まずなんですけど、昨日の夜に話し合いをし、決定したことを伝えます。今回のことは基本的に公表しません」

しないの？

「なんで？」

「魔族が関わっているからです。ユウマさんは詳しくないでしょうけど、この世界において、魔族は人々から恐れられているんです……あ、ありがとうございます」

パメラがお茶を持ってきてくれたＡＩちゃんにお礼を言う。

ＡＩちゃんは俺のところにもお茶を置くと、お盆を抱えたまま俺の横にちょこんと座った。

「つまり住民の混乱を避けるためか？」

お茶を飲みながら話を続ける。

「はい。魔族が関わっていると知ったら混乱しますし、この町を出ようと考える者も出てきます。特に商人ですね。これは非常にマズいです」

まあ、そんな気がするな。

政治には詳しくないが、商人に出ていかれたら困るだろう。

「隠すのは住民だけか？」

「いえ、冒険者にも秘密にします。今回のことを知っているのはギルドや町の上層部だけです。もちろん、国にも報告はしますが、なんにせよ、まずは調査をしてからですので。それと、もちろん、私もですが、ナタリアさんやアリスさん、それにアニーさんを始めとする【風の翼】には緘口令《かんこうれい》が敷かれます。あなたも絶対に漏らしてはいけませんよ？」

魔族ってそんなに恐れられているんだな。

「わかった。言わないようにする」

「はい。それとですけど、大蜘蛛ちゃんでしたっけ？　あれも言わないでもらえると……というか、今後、出さないようにしてもらえません？」

まあ、そうなるだろうね。

「いいぞ。というか、大蜘蛛ちゃんを出すなんてめったにないからな。どこで使うんだよって感じ」

大きすぎ。

「それは良かったです。正直、私もビビりまくってましたから」

俺もちょっとビビった。

性格が好戦的すぎるんだもん。

「あれはどういう扱いにするんだ？」

「思案中です。調査が終わったタイミングまでに考えます」

「あれは森に住む神様だ。森を荒らす魔物に怒り、具現化したんだろう」

「そういうことにするかもしれませんね」

それでいいじゃん。

俺の大蜘蛛ちゃんをバケモノ扱いするな。

「ちなみにだが、今後、森には行けるのか？　というか、冒険者の仕事はできるのか？」

「それなんですけど、当分は難しいかと……」

だろうなー。

「仕事を考えないとな……」

「すみません。ギルドも町もまだ方針が決まってないんです。しばらくはかかるかと……」

仕方がないわな。

「まあ、いい感じの仕事を見繕ってくれ」

「わかりました。それでスタンピードの発生原因のことなんですけど、なんであんなに大量の魔物がいたんですか？」

パメラが聞いてくる。

『マスター、例の鏡ですが、燃やしたことにしてください』

ＡＩちゃんが念話で伝えてきた。

「魔族が言うには転送装置みたいな鏡を使って、魔物を呼び出していたらしい」

「鏡？」

「俺もよくわからんが、そういう道具らしい。ただ、魔力の低いゴブリンやオークくらいしか転送できないんだってさ」

「なるほど……それを使って魔物を呼び寄せていたわけですか……その鏡は？」

ＡＩちゃんに従っておくか……。

「燃やした。魔族との戦闘中に隙をついて燃やしたんだ。これ以上魔物を呼び出されたら厳しいと判断した」

「それもそうですね。調べたいとは思いますが、危険なアイテムを早めに処理できてよかったです。魔族はどんな人でした？」

「不健康そうな男だったな。魔力はそこそこだったが、特殊な魔法を使っていた。スヴェンって名前らしい。後はわからん」

すぐに逃げたし、たいした情報はないな。

「そうですか……わかりました。この事をジェフリーさんに報告しようと思います」

「頼むわ。しかし、お前、目の下の隈《くま》がひどいな」

美人が台無し。

「寝てないからね」

仕事の話を終えたパメラが素で話す。

「大変だなー。お菓子でも食ってけ。ＡＩちゃん」

「はいはーい」

ＡＩちゃんが立ち上がると、棚まで行き、お菓子を取って戻ってくる。

「どうぞー」

「ありがとう……あー、糖分が染みるなー」

パメラがしみじみとお菓子を食べながらお茶を飲む。

「よー働くな」

「命を懸けた冒険者や兵士と比べると、私たちは何もしてないからね。このくらい働くわ」

「パメラ、上に報告すると言ったな？　俺の扱いはどうなる？　英雄か？　それともバケモノか？」

前世でもそうだったが、持ちすぎる力は敵を作る。

だからこそ、俺たちは政略結婚で王族やほかの貴族と繋がるのだ。

「今はなんとも……ただ、よその区のギルドにはユウマさんがバレたと思う。大蜘蛛ちゃんはともかく、例の金色の火魔法を使ったみたいだし」

威力がありすぎたか。

とはいえ、手加減できるような状況ではなかった。

「どうなる？　面倒なのは嫌だぞ」

「たぶん、西区の区長が対処すると思う。そのうち呼び出しがくるんじゃないかな？　おそらく、結構な額の報酬がもらえる」

区長とやらに会うのも面倒だが、報酬をもらえるならいいか。

「わかった」

「よろしく。あー、疲れた。ねえ？　いつも床に座っているの？」

「そうだな。そっちの方が楽でいい」

「まあ、そんな気はするけど、眠たくなるわね。このカーペットもふかふかだし」

パメラが床に敷いてあるカーペットを撫でる。

「実際、飯食った後は眠くなるな」

ちょっと転がったら寝てしまう。

「楽しそうね……さて、仕事に戻るわ」

パメラがそう言って立ち上がった。

「無理するなよー」

「単身で森に突っ込む人に言われたくないですね」

パメラが苦笑いを浮かべる。

「私もいましたよ！」

ＡＩちゃんが手を上げた。

まあ、いたね。

「そうでしたね……では、ギルドに戻ります。またなにか決まれば連絡しますのでしばらくは休んでいてください」

「わかった。お前も適度に休めよー」

「はい。では、失礼します」

パメラは微笑むと部屋を出ていった。

「マスター、パメラさんもあと一押しですよ！」

「お前はなにを言っているんだ？」

あと、〝も〟ってなんだよ……。

「だって、年頃の女性が一人で抵抗なく、男性の部屋にあがってましたし……」

いや、お前がいるだろ。

第十一章　お休み

パメラが帰った後、部屋でゆっくり過ごしていると、夕食の時間となった。

夕食を自室でナタリアとアリスと食べ、パメラの話を報告する。

そして、夕食を食べ終えると、ナタリアとアリスが自室に戻ったのでナタリアに借りた本を読み始めた。

「ＡＩちゃんさー、その本、面白い？」

ベッドの上で似たような本を読んでいるＡＩちゃんに聞いてみる。

「そこそこですね」

「そっかー……俺が読んでいる本だけど、かっこいい男に惚《ほ》れられる女の話で終始イチャイチャしているんだけど……」

なにこれ？

どういう感情で読めばいいんだ？

「こっちの本も似たような話ですよ。王子様の話です。マスターは好まれないかもしれませんね」

「こっちの世界の人間ってこんな話が好きなのか？」

「いえ、これは女の子が好きな話ですね。男の人は冒険とか戦記物じゃないですか？」

そっちの方が良いなー……。

「買ってみるか……しかし、ナタリアのやつ、こういうのが好きなんだな」

「まあ、十七歳ですからね。九十九歳のおじいちゃんとは感性が違うでしょ」

「それもそっかー……なんか唐突にキスされて恥ずかしがってるけど、事案ものだろ」

士族の連中だったら腹を切らされるぞ。

っていうか、あいつ、俺がこういう本の人間って言ってなかったか？

どこがだ？

「マスター、絶対にその感想をナタリアさんに伝えないでくださいね。老害みたいで嫌われます」

うーん、まあ、自分が好きなものを否定されるのは嫌がるか。

「ほかの連中もこういうのが好きなのかね？」

アリスやパメラはわからないが、アニーは嫌いそうだ。

「さあ？　私は嫌いじゃないですけどね」

ＡＩちゃんも女の子か……。

式神でスキルだけど。

一応、最後まで読もうと思い、本を読み続けると、第二のかっこいい男が現れたところで部屋にノックの音が響いた。

「んー？　誰だー？」

『私。ちょっといいかしら？』

アニーの声だ。

本を置き、立ち上がると、扉まで行く。

そして、扉を開けると、相変わらずの薄着の寝間着を着た赤髪の女が立っていた。

「なんだ？」

「こんな時間に悪いわね。レイラさんが呼んでる」

レイラってこのクランの代表だったな。

「王都から戻ってきたのか？」

「ええ。スタンピードが起きたからさすがに用事を投げ出して戻ってきたわ。夕方くらいに王都の軍と一緒に来たらしい」

「なるほどな。どこに行けばいい？」

「三階よ。案内してあげる」

アニーはそう言うと、振り向き、階段の方に向かう。

「ＡＩちゃん、行くぞ」

「はーい」

ＡＩちゃんを呼び、部屋を出ると、アニーについていった。

そして、階段を昇っていく。

前を見上げると、薄着のアニーの後ろ姿が目に入る。

アニーは薄いというか、透けている服を羽織っているが、透けすぎて下着が見えている。

というか、羽織っている服の下が下着だけだ。

「お前、そんな格好でうろつくなよ」

さすがに苦言を呈した。

「外に出ないから大丈夫」

文化の違いだろうか？

俺には痴女か娼婦にしか見えん。

「ＡＩちゃん、ああいうのは学習するなよ」

「しませんよ。というか、私があああいう格好をしてもねー……」

風邪引くからちゃんと着なさいっていう感想しか出てこないな……。

「昨日から聞きたかったんだけど、あなたって女嫌い？　男好き？」

アニーが聞いてくる。

「そんなことはないな……ないよな？」

不安になったのでAIちゃんに確認してみた。

「ないですね。男色は好まれないお方でした」

「ふーん……」

アニーは立ち止まると、振り向き、俺の顔を覗《のぞ》き込んでくる。

「なんだ？」

「女好きには見えないなと思って。全然、私の身体を見てこないし」

「見て欲しいのか？　悪いが、俺は女性を不躾《ぶしつけ》に見るなという教育を受けている」

見るのは自分の嫁くらいかね？

覚えてないけど。

「それは良いことね」

アニーは笑うと、再び、階段を昇り出した。

「アニー、パメラから緘口令《かんこうれい》のことは聞いたか？」

「ええ。でも、そんな指示をされなくても誰にも言わないわ。言うメリットがないし、私たちは仲間を守る。それがパーティーであり、クラン」

かっこいいし、良いことを言っているんだがなー……。

昼間に聞けばよかったわ。

俺たちは階段を昇り、三階までやってくると、いちばん手前の部屋の前に立った。

「ここがレイラさんの部屋。一応、ここまでは来てもいいけど、この先は男子禁制ね。じゃあ、おやすみ。あ、それとナタリアの部屋はあそこね」

アニーはとある扉を指差すと、そのまま通路を歩いていってしまった。

「この世界は夜這《よば》いが普通だったりするのか？」

「そんなわけないでしょ。たぶん、冗談だと思います」

この世界に来たばかりの異世界人に言う冗談じゃないな。

俺の国にも地方によってはそういう文化もあるし。

「まあいいか。さっさと挨拶をして寝よう」

俺は扉を見ると、ノックした。

『どうぞ』

部屋の中から女の声で入室の許可を得たので扉を開ける。

すると、そこにはソファーに腰かけ、書類を読んでいる黒髪の女性がいた。

「こんな夜更けに失礼する」

そう言って、ＡＩちゃんと共に部屋に入る。

「私が呼んだんだ。こちらこそ悪いな。実は明日の朝にはまた王都に行かないといけなくてな……」

「夕方に着いたばかりなのに大変だな」

「それは仕方がない。クランの代表だし、スタンピードはなー……」

レイラが苦笑いを浮かべると、書類を目の前の机に置いた。

「すまん。ベッドにでも腰かけてくれ」

そう言われたのでAIちゃんと共にベッドに座る。

「はじめましてだな。私がこのクランの代表を務めているレイラだ」

ベッドに座ると、レイラが自己紹介してきた。

「どうも。俺はユウマだ。こっちはAIちゃん。数日前にこの世界に来たんだが、ナタリアとアリスに出会ってな。その縁でパーティーを組んだ。それと部屋に住まわせてもらっている。挨拶が遅れてしまい、申し訳ない」

「いや、それはかまわないし、好きにしてくれていい。ウチのクランは自由をモットーにしているんだよ。とはいえ、仲間も施設も大事にしてくれよ」

こいつ、太っ腹だし、良いやつだな。

慕われている理由がよくわかる。

「まだリリーという子に会ってないから正式にパーティーを組むかはわからんが、一応、世話になるつもりだ。よろしく頼む」

「はい、わかった。ウチはそんな規模の大きいクランではないし、特に上を目指そうという気概はない。自分のペースでやってくれればいい」

「お前、Aランクだそうだな？　魔力も高いし、実力はあるだろう。上を目指さないのか？」

レイラは隠しているようだが、かなりの魔力を秘めている。

「私にそこまでの情熱はないよ。ただ、わざわざ慕ってくれ、ここまで来た子たちになにかをしたい。だからクランを結成してこの施設を建てた。後はお前達が好きにすればいい」

神か仏だろうか？

「立派だな」

「べつにそんなことない。当然のことだ。私は自分の正義を進む。親からそう教わった」

良いところの子なんだろうか？

「そうか……スタンピードのことは？」

「聞いたよ。ご苦労さん。私は間に合わなかったが、良くやってくれた。いろいろと面倒ごとがありそうだが、ひとまずは町を救えて良かったと思う。後はこちらでも区長や王都のギルドと協議して上手い具合になるようにしよう」

「どうも」

「さてと……」

レイラが立ち上がると、俺たちのそばまでやってくる。

そして、ＡＩちゃんをじーっと見下ろし始めた。

「なんでしょう？」

ＡＩちゃんが首を傾げる。

「金狐《きんこ》の式神か……如月《きさらぎ》ユウマとは本名か？」

レイラがＡＩちゃんを見下ろしながら聞いてきた。

「正式にはもっと長いが、それが本名でいいぞ」

「そうか……如月の……」

レイラがちらりとこちらを見てくる。

その目は真っ赤に染まっていた。

この目は……。

「天霧《あまぎり》の一族か」

天霧家は陰陽師の家で如月家と並ぶ名家中の名家だ。

「まさかこんなところで如月の一族に会うとはな……霊力の質から見ても金狐の子か……お前、如月の麒麟《きりん》児《じ》だな」

赤目の女が不気味に笑う。

「麒麟児なんて呼ばれていたかどうかなんか知らん。だが、金狐の子というのは合っている」

「初めて会うが、たしかにたいした霊力だ。それに妖狐の妖力も持っている」

レイラが目を細めた。

「お前、誰だ？　霊力の質やその赤目から見ても蛇の神の一族である天霧家の者だと思うが、天霧レイラなんて知らんぞ」

「レイラはこちらの世界の名だ。本名は天霧槐《えんじゅ》だ」

槐……。

二十歳までの記憶しかないが、槐は天霧家の先代当主の名だ……。

そして、槐は俺が子供の頃に死んでいる……。

父上と母上が性悪ババアと愚痴っていた陰陽師業界一の嫌われ者が異世界に転生してるし……。

SIDE スヴェン

「クソッ！　クソッ！　クソッ！　あの男はいったいなんなのだ!?」

俺は森の奥で木に手をつき、項垂《うなだ》れていた。

楽な仕事だと思ったらとんでもない目に遭った。

もし、脱出の判断が少しでも遅れたら結界は破られ、あの金色の炎に焼き尽くされていただろう。

「スヴェン様」

とある声が聞こえたので振り向くと、部下の女が立っていた。

この部下は町と魔物の攻防を見張るのが役目だったはずだ。

「どうした？　町は落ちたのか？」

途中で魔物を送り込むのと狂化の魔法を止めてしまったが、町を滅ぼすには十分な数の魔物を送っている。

「そ、それが……その……」

部下が言い淀《よど》む。

「ん？　どうした？　何があった？」

「……町は落とせませんでした」

「ハァ⁉」

どういうことだ⁉

あの数の魔物を対処できる戦力はあの町にはいないはずだ！

「何故だ⁉」

「そ、それが……」

「言え！」

「は、はい！　突如として巨大な蜘蛛《くも》の魔物が出現し、魔物どもを潰走させました」

はい？

「お前はなにを言っている？」

「ただ見たことを言っているだけです……すみませんが、私にもよく……」

部下は混乱しているようだ。

「落ち着け。ゆっくりでいいから詳細に教えてくれ」

「はい……魔物の群れは終始、優勢に町を攻めていました。思いのほか町の兵士や冒険者どもが奮闘しておりましたが、落ちるのは時間の問題だろうと思っておりました」

まあ、そうだろう。

いくら人族が頑張ろうとあの数は無理だ。

「それで？」

「はい……夕刻になり、そろそろ終わりだろうと思っていると、突如として、巨大で醜悪な化け蜘蛛が町の近くに現れました」

「現れたとは？　どこから来たんだ？」

「わ、わかりません。本当に突如として姿を現したんです。私自身もまったく理解できませんでしたし、それは魔物も人族もそうだったらしく、しばらくすべての者の動きが止まりました」

まあ、わからんでもない。

俺はこの話を聞いて、まったく理解できないし、こいつが嘘《うそ》をついているようにしか聞こえない。

俺ですらそうなのだから現場にいた者は固まるだろう。

「人族も固まったということは人族の味方ではないのか？」

「わかりません。ですが、あの蜘蛛はすぐに動き出し、魔物を蹂躙《じゅうりん》し始めました」

蹂躙、か。

「その蜘蛛とやらの強さは？」

「……バケモノです。あれは正真正銘のバケモノです。私ではとても敵うような相手ではないですし、恐ろしい魔力を持っていました。しかも、魔法を使い、平野を魔物ごと燃やし尽くしていました」

部下は俺と同じ魔族だ。

決して弱くはないし、魔力だって高い。

そんな部下が震えながら言っている。

それほどのバケモノか。

「神獣か……それとも古《いにしえ》の厄災の獣の類か……」

「わかりません。ただ魔物が潰走したと同時に消えました。人族は襲われていませんし、当然、町の方にも被害が出ていません」

明確に人族の味方をしている？

そうなると神獣か。

「となると、あの町か近辺に住む神獣、か……」

「い、いえ……あの禍々《まがまが》しい魔力は神のものとは思えません。どちらかというと、我ら魔族や魔物に近いかと……」

我らに近い？

何故、そんなものが人族の味方を……ん？

我らに近い……だと？

「ほかに何か気づいたことはないか？」

「ほかにですか？　特には……」

「でかい蜂を見ていないか？」

「蜂……いえ、そのようなものは……いや、すみません。蜂かどうかはわかりませんが、上空に何かいたような気がします」

認識阻害の魔法だな。

そうなるとやはり……あの男か!?

あの男は最初、大きな蜂に乗っていた。

俺が光線で撃退したが、たしかに大きな蜂だった。

大きな蜂に大きな蜘蛛。

これを偶然と片付けられるほど俺はバカではない。

「チッ！　正真正銘のバケモノか……」

その蜘蛛はあの男が出したんだろう。

蜘蛛に町の護衛を任せ、俺のところに来た。

そして、終わったら町に戻り、蜘蛛を消す。

これ以外には考えられない
「あ、あの、何か心当たりが？」

「うるさい！」

「す、すみません！」

クッ！

部下に当たり散らすほど動揺しているか……！

「――おいおい、ご機嫌斜めだなー！」

ふと大きな声がしたので声がした方向を見てみると、縦にも横にも大きい男が立っていた。

「ドミク様……」

部下が男の名前をつぶやくと、ドミクが部下を睨《にら》む。

「あーん？　誰が口を開いていいって言った!?」

「も、申し訳ございません！」

部下がすぐに這《は》いつくばるように頭を下げ、謝罪した。

「死ねよ、おい」

ドミクがそう言いながら部下に近づいていく。

「ドミク。貴様、人の部下に何をする気だ？　お前が死にたいのか？」

そう言うと、ドミクが足を止めた。

「こんなやつ、いらねーだろ」

「それを決めるのはお前じゃない。それよりもこんなところで何をしている？」

「決まってんだろ。お前が魔物を使って町を滅ぼすって聞いたから見に来たんだ。人族どもの阿鼻叫喚《あびきょうかん》を聞こうと思ってたな」

ドミクはニヤニヤと笑いながら言う。

「どうせ憂さ晴らしにお前も参加する気だったんだろう？　お前がどこで暴れようと勝手だが、俺の邪魔をするな」

「ははは！　そうか！　まあ、そら悪かったな。でもよー、さっき見てきたが、町は普通に残ってるぜ？　それどころか魔物が散らばるように逃げている。どうなってんだよ、おい！」

死ね！

暴れるしか能のない豚が！

「そのまんまだ。失敗した」

「はっ！　ははは！　偉そうなことを言って失敗だ～？　お前、舐《な》めてんのか!?」

ドミクが俺の前に来て、笑いながら顔を近づける。

「黙れ。俺は気が立っているんだ。死にたくなかったら失せろ」

「おいおい！　どうしたよー？　いつもはくだらんって言ってどっかに行くくせに今日はやけにケンカを買うなー？」

ドミクがニヤニヤしながら俺の肩を叩いてきた。

「ケンカ？　邪魔者を処分するだけだろう？」

「おい、マジでどうした？　何があったんだ？」

ドミクが真顔になる。

「作戦は失敗。町は謎の大蜘蛛に守られ、俺は冒険者に撃退されて敗走だ」

クソッ！

忌々しい！

「つまんねー冗談はいいから本当のことを話せよ。なんで失敗したんだ？　例の鏡が不調だったんだろ？」

「冗談？　俺が冗談を言うような男に見えるか？　神獣か厄災の獣クラスの大蜘蛛に魔物どもは撃退され、ユウマとかいう魔人と思わしき人間に焼き殺されそうになったわ」

「ははは！　それはさすがにねーぞ、スヴェン。あんな町にそんなものがいるわけねー」

脳筋のバカが。

「笑ってろ。俺はこのことを伝えねばならん」

「おいおい……油断したのか知らねーけど、負けたのならやり返さないのか？」

油断、か。

なかったとは言わない。

だが、それ以上にあの魔力は質が違いすぎた。

くっ！　どうしてもあの男の金色の目が忘れられない！

「いずれはやり返す。だが、その前に作戦失敗の情報を伝えなければならん」

「かー！　スヴェンよー！　お前、マジでなにを言ってんだ？　スタンピードなんてまどろっこしい作戦が失敗したことなんてどうでもいいだろ！　それよりかも、その人族の始末が先だろうが！」

もう救えんな、こいつ。

「知るか。俺は例の鏡を使ってスタンピードを起こしてこいとしか命令されていない」

「お前、マジか……けっ！　勝手にしろ！　つまんねーわ」

ドミクはそう言うと、俺たちから離れ、町の方に向かって歩いていった。

「あ、あのスヴェン様……よろしいので？」

ドミクがいなくなると、部下が立ち上がって聞いてくる。

「知らん。とはいえ、独断専行しそうな雰囲気だったな……俺は帰るからお前はあいつを見張ってろ」

「見張りですか？」

部下は少し嫌そうだ。

気持ちはわかる。

「ドミクは強いが、頭が足りない。余計なことをしそうになったらかまわんから始末しろ」

「よろしいので？」

「かまわん。どうせ言っても聞かんだろ」

「かしこまりました。では、そのようにいたします」

部下はそう言って頭を下げると、ドミクが立ち去った方へと歩いていった。

ドミクは魔力察知が不得手だからバレないだろう。

問題はユウマの方だが。

まあ、部下はドミクと違って無理をしないから大丈夫だろう。

それよりもユウマ対策を考えないといけない。

炎が効かないと言っていたし、俺の得意魔法が封じられたことになる。

別の魔法か。

俺は悩みながらもドミクと部下が歩いていったのとは逆の方向に歩き出した。

第十二章――転生者

天霧《あまぎり》家は如月《きさらぎ》と同様に陰陽師の家である。

蛇の神の血を引く一族と言われ、如月家と同様に長年、国に仕え、貢献してきた由緒正しい貴族の家だ。

その権力と影響力はすさまじく、国でも五指に入る家柄でもあった。

要は格としたらウチとほぼ同じ。

そんな天霧家にはとても有能な当主がいた。

それが先代当主である天霧槐《えんじゅ》である。

槐はわずか十二歳で当主となり、当時、国最高の陰陽師と謳《うた》われるくらいに優秀だった。

しかも、陰陽師としてだけでなく、当主としても有能であり、ただでさえ大きい天霧家をさらに大きくし、政治にまで介入するほどにまで影響力を強めた。

だが、そんな槐はみんなから嫌われていた。

槐は十二歳の時に当主になり、すぐに頭角を現した。

優秀であり、自他共に認める天才だったのだ。

だから増長した。

当時のことを知らない俺たち世代からすれば当然だろうと思うが、十二歳で当主は早すぎたのだ。

ロクに心も成長していなかった槐は自分だけの力と才覚だけで物事を進め、ほかの家とは足並みを揃《そろ》えないうえに一族の者にすら無能と誹《そし》り、辛く当たった。

俺も如月家の人間として、同格の天霧家の人間と話したことはあるが、先代当主である槐の名はほぼ禁句となっているくらいだった。

たしかに有能で天霧家の歴史に名を残したであろう槐は一族の者にもほかの家の者にも文字どおり、蛇蝎《だかつ》のごとく嫌われていたのだ。

そんな槐は俺がまだ五歳か六歳の頃に亡くなっている。

たしか、五十歳くらいだったと思う。

そんな槐が目の前にいる。

もちろん、五十歳のババアには見えないし、おそらく、転生したのだと思われる。

「槐……もちろん、名前は知っているが、本当に槐か？」

天霧家の証である真っ赤な目をしているレイラに確認する。

「本当かどうかと聞かれると微妙だな。そういう記憶があるというだけで別人かもしれん」

まあ、それを言えば俺もそうだ。

如月ユウマの記憶がある別人かもしれない。

「転生か？」

「そうなるな。あれは三歳くらいだったと思う。急に記憶がよみがえった」

俺とは違うな……。

「転生の仕組みがわからん。俺は数日前に死んだばかりだぞ」

「それだ。私もほかの転生者と会ったことがあるが、みんな、別の母親から普通に生まれてきているぞ。お前はなんだ？」

なんだと言われてもね……。

「知らん。俺は転生というより、生き返って若返り、転移したという感覚だ」

「たしかにそんな感じだな……九十九歳だったか？」

ナタリアかアリスに聞いたのかな？

「そうだ。俺は九十九歳で死んだ。これは間違いない」

「そうか……嫁さんが十二人もいたって本当か？　微妙に時代がズレているとはいえ、そんなの聞いたことないぞ。たしかに私の父だって妾《めかけ》が一人、二人いたが、さすがに十二人はない」

嫌われ者の蛇女がめっちゃ引いてるし……。

「らしい……」

「ん？　らしいとは？」

槐が首を傾《かし》げた。

「この子は母上の式神だが、中身は俺のスキルであるＡＩという人工知能でな。この子が不要なものということで家族の記憶を消したんだ」

ＡＩちゃんの頭を撫《な》でながら説明する。

「ギフトか……それで式神がしゃべっているんだな。しかし、家族が不要か？」

「引きずるそうだ。俺は死んだし、今の人生は別の人生。前の家族の記憶は今の人生には不要なバグらしい」

「なるほど……たしかにな。それはものすごくわかる。私はもう二十八歳になるが、いまだに旦那も恋人もいないし、いたこともない……前世の夫を忘れられないんだ。いまだに夢に出てくるくらいだな」

めっちゃ引きずっている……。

こうなってしまうのか。

「良い男はいなかったのか？」

「いても無理だな。私はそれくらいに夫を愛していた。というか、前世で私のことを愛してくれたのは夫だけだったからな。私は子供たちにすら嫌われていた」

こいつはなー……。

「実際、ほかの転生者もそんな感じか？」

「いや、そうでもない。普通に結婚している人もいる。割り切れる者、お前みたいに元々、愛が多い者、前世では上手くいっていなかった者などさまざまだ」

べつに愛は多くないいんだがなー……。

絶対に信じてくれないだろうから言わないけど。

「人それぞれ、か……」

「お前は十二人もいたんだから問題ない気もするけどな。十二人が十五人になろうと、二十人になろうと気にしなさそう」

するわい。

「マスターは引きずられます。なにしろ、その十二人は妾ではなく、文字どおりに奥さんです。正室も側室もなく、皆さん、如月の人間ですし、なんなら十二回も祝言を挙げられました」

すごっ！

我ながら尊敬するわ。

バカだとも思うけど……。

「お前、すごいな……」

あの槐がめっちゃ引いている。

「前世のことだし、まったく記憶にない」

「記憶を消したのは英断だったかもしれんな」

うるさいなー。

「そういうお前はどうした？　嫌われ者だったくせにやけに好かれているぞ」

ナタリアやアリスもだが、ほかの面々からも信頼されているっぽい。

とてもあの槐とは思えん。

「そうだな……その前に一つ聞いていいか？」

「いいけど、なんだ？」

「私の旦那はどうなった？」

こいつの旦那か……。

「まず、当たり前だが、死んだぞ。俺はお前が死んでから九十年も生きていたんだからな」

もし、あの人が生きてりゃ百五十歳くらいになる。

生きてるわけがない。

「そりゃそうだ。聞きたいのはそういうことじゃない」

「わかっている。普通に死んだぞ。べつに悲劇があったわけでもない。普通に天寿をまっとうした。実際、俺はあの人の葬儀にも出ているからな」

死んだのは槐が死んだ十年後で俺の十五歳、十六歳くらいの時だ。

そこまでは言わなくていいだろう。

「そうか……ならいい」

槐はそうつぶやき、泣いていた。

「……泣くなよ」

「感慨深かっただけだ。私的には三十年近く前のことだからな。ずっと心残りだったから気になっていたんだ」

「いや、子供は？」

「あの子たちはあの子たちで勝手にやる。私が死んだから傾くような家ではないし、そうならないように教育してきた」

まあ、実際、傾いてはいないね。

「お前、そんなに旦那が好きだったのか？」

「さっき言っただろ。私を愛してくれたのは旦那だけだった。お前も知っているだろうが、私はそれはそれは嫌われていた。まさしく全員から嫌われていた」

うん。

「ウチの両親も性悪ババアって呼んでたな」

「性悪クソ狐にそう言われるのは業腹《ごうはら》だな」

こら！

誰が性悪クソ狐だ！

「母上は性悪ではないぞ。イタズラが好きなだけで基本的には優しい」

人じゃないからちょっと常識がズレているだけだ。

「そりゃ自分の子供にはそうだろうよ。まあ、昔話をしてもしょうがないから話を続けると、私は十二歳の頃から一族のために頑張ってきた。兄弟姉妹は無能だったし、親戚もアホだったから私一人でどうにかしようと思っていた」

嫌われ者の片鱗《へんりん》が見えるな……。

「それで？」

「私は天才だったからそれで上手くいっていた。十六歳で旦那と結婚し、子宝にも恵まれた。子供たちは有能とは言えなかったが、無能ではなく、無難ないい子たちだった」

また片鱗が見えるし……。

「お前なー……」

「わかっている。だが、当時の私は本当にそう思っていた。そして、気づくんだ。いちばんの無能は自分だということにな」

槐がふっと笑う。

「何かあったのか？」

「お前は知らんだろうが、天霧の家で謀反というか、お家騒動があった。というか、反私だな。家の者全員が私に反旗を翻したわけだ。もちろん、子供たちも含む」

人望なさすぎ……。

「聞いたことないな」

「そりゃ徹底して隠したからな。シャレにならんだろ」

ならないね。

家の信頼が揺らぐ。

貴族としては致命傷。

「それで？」

「謀反は潰した。さすがに粛清はしなかったが、何人かは地方に飛ばした」

「どんどんとお前の独裁になっていくな」

「実際、最初から独裁だったけどな。しかし、私はようやくそこで気づいたわけだ。自分は天才かもしれないが、致命的に協調性がなく、人を纏《まと》めることができない。それはつまり当主として失格だということにな」

まあ、失格だな。

同じ家の者に反旗を翻されるなんて聞いたことない。

しかも、全員。

「それ、いくつの時だ？」

「三十四、五歳だったかな？」

遅い……。

「お前、ひどいな」

「知ってる。さらにひどかったのはそれに気づいたんだが、その時にはどうしようもなかったことだ」

「今さら性格は変えられないか？」

めんどくせー嫁。

「そうだ。それにこれまでやってきたことが無駄になる。だから私は旦那に泣きついた」

「旦那さんがなんとかしてくれたわけか？」

「そうだ。間に入ってくれた。それ以降、私は一族の者と一切、会話をしなくなった。それどころかロクに顔も合わせていない。調整は全部、旦那がやってくれた」

もう一度言おう。

めんどくせー嫁。

「ひどい」

「いやー、あれ以降は心が穏やかになったな。無能どもにイラつくこともなくなったし、怒ることもなくなった。毎日、愛する夫とだけ会話し、実に楽しかった。よく考えたら私って旦那と話している時にしか笑っていなかった」

こいつは表に出すべき人間ではなかったな。

嫁に入れて、家から出さないのが最上だ。

「それで死後に後悔したのか？」

「そうだ。私は他人を無能と決めつけ、全部自分でやろうとしていた。一族のために頑張ろうと決めていたのに、自分がいちばん一族をないがしろにしていたわけだ。だから今のレイラに生まれ変わった時に次は穏やかに生きようと思ったわけだな。この世界は魔物が多く、人々が危険にさらされている。私の唯一の才能である陰陽術や戦闘術で役に立とうと思って頑張った。誰ともぶつからず、誰ともケンカしない。そうこうしているとAランクにまでなり、こうなった」

心を入れ替えたわけだ。

「それで自由がモットーか……」

「ああ。私はクランメンバーになにも押しつけないから好きにやってくれればいい。困ったことがあれば助けるし、みんなで協力する。そういうクランだ」

なんとなくわかる気がする。

スタンピードの際、アニーが逃げてもいいって言ったにも関わらず、誰も逃げなかった。

普通は逃げる。

「仲良しこよしでは上を目指せんぞ？　世界一のクランになろうと思わんのか？」

「実に興味ない。私は仲間たちと楽しくやりたいんだ」

性格がめちゃくちゃ変わってる……。

家族に嫌われていたのがよほど辛かったんだろうな。

「そんなに一人は嫌なのか？」

「私を看取ってくれたのは旦那一人だったんだ」

きっつ……。

「子供たちは？　せめて次の当主くらいは看取るだろ。薄情にもほどがある」

「いや、そうじゃない。私が死に際を見られたくなかったんだ。散々威張り、周囲を無能と怒鳴り散らしていたから弱った自分を見せることが怖かったんだ……だから病を患っていることすら言わなかった。もっと言えば、葬儀もしないように遺言を残した」

普通に葬儀はしていた気がするが、言わないでおこう。

俺も小さかったからあまり覚えてないし。

「お前、こじれてるな」

「そうだ。だからこそ今がある。お前もウチのクランに入るのはかまわんが、ほかのみんなと上手く接しろよ。間違っても男女問題でこじれるな」

こじれねーわ。

「こじれるわけないじゃないですか。マスターはスペシャリストですよ？」

おい、子ギツネ。

「そうだったな……それはそれでどうかと思うが、上手くやってくれるならいい」

「少なくとも、ナタリアやアリスは大丈夫だと思う。リリーは知らん」

会ったことないし。

「リリーか……うーん、まあ、ナタリアがいるから大丈夫だな」

どんな子なんだろ？

「ところで、お前が転生者なのはみんな、知っているのか？」

「いや、知らんと思う。こっちの世界の私の親ですら知らん」

マジか……。

「言わないのか？」

「絶対にどんな人生だったか聞かれるからな。言ったら嫌われるかもしれないから言えん。お前に言ったのは同じ世界から来た人間だったからだ。しかも、如月の人間。いや、人間ではなかったな……半ギツネ」

半ギツネ言うな、嫌われ蛇女。

『マスター、このクランを乗っ取りますか？　この腑《ふ》抜《ぬ》け蛇なら簡単に奪えそうですよ？』

ニコニコ笑っているＡＩちゃんが念話で聞いてくる。

『いらん。俺もべつに世界一のクランにしたり、世界一の冒険者になりたいわけではない。

気楽に生きよう』

『承知しました』

槐……というより、レイラは慕われてるし、優秀なのは間違いない。

こいつが頭でいいだろう。

「ん？　どうした？」

無言になった俺たちを見て、レイラが聞いてきた。

「いや、べつに。まあ、よろしく頼むわ」

「うん、頑張れ。とはいえ、少し大人しくしていろ。ちょっとうるさくなりそうだ」

「狐火《きつねび》や大蜘蛛《ぐも》ちゃんか？」

「そんなところだ。たかが狐火や式神程度で騒ぎになるなんて程度の低い……みんな、見たことない魔法で不安なんだろうな。私が区長と話そう」

今、ちょっと本音が出たな？

SIDE アリス

部屋でベッドに寝転び、ぼーっと天井を眺めていると、部屋にノックの音が響いた。

「……誰？」

そう聞いたが、誰が来たのかはわかっている。

リリーがいない今、この部屋を訪ねてくるのはナタリアだけだ。

『私、私。ちょっといい？』

やっぱりナタリアだ。

「……いいよー」

自分でも声量がないなと思いつつ返事をすると、扉が開き、ナタリアが部屋に入ってきた。

さすがに幼馴染《おさななじみ》となると私の小さな声も聞こえるらしい。

「起きてた？」

ナタリアがベッドに近づきながら聞いてくる。

「……起きてた。なに？」

「いや、なんかユウマがレイラさんの部屋に行ってるんだって。なんかアニーさんが教えてくれた」

「…………へー。挨拶じゃない？　あ、座りなよ」

起き上がりながらそう言うと、ナタリアが隣に座る。

「だと思うけど、なんで私に知らせてきたんだろう？」

たぶん、アニーのことだからユウマに余計なお世話をしたんだろうな……。

「…………さあね。ナタリアさ、ユウマのことをどう思う？」

「んー？　頼りがいのあるリーダーだよね。すごく強いし」

あれはすごく強いの一言で片づけていいんだろうか？

あの火球は本当にヤバかった。

底の見えない魔力に加え、近接戦闘もできる。

さらにはあの偵察能力……一人でいいじゃんって思う。

「…………ナタリア、幼馴染だからはっきり言うけど、このままだとナタリアは本当にお腹ポッコリになっちゃうよ？」

「え？　なんで？」

「…………自覚ないの？　ユウマ、かっこよくない？」

「そりゃかっこいいよ。見た目も良いし、所作もきれいだし、強いし、優しいし」

ダメだこりゃ……。

やっぱりナタリアとパメラは確実に落ちかけている。

「………ユウマが部屋に来たらどうする？」

「来ないでしょ。紳士すぎてそういうことを絶対にしないと思う」

まあ、そこは私もそう思うけど、答えてよ……。

落ちかけているんじゃないな……ほぼ落ちてる。

「………奥さんが十二人もいた人って理解してる？」

「してる、してる。なんとなくだけど、わかる気がする。でも、女の敵感がゼロだよね」

たしかにそうだし、それは本当にすごいことだと思う。

女というのは誰であろうが、男が女を見る目を知っている。

でも、ユウマはそこをまったく出さない。

「………もう一個聞くけど、ＡＩちゃんの真意はわかってる？」

「真意って？」

「………なんでユウマの前世をバラしてるか。しかも、わざとらしく、私たちやパメラにバラしている。あの子はユウマのスキルでユウマのために存在している。それがなんでユウマの人間性を疑わせるようなことを言うかってこと」

普通は黙っておく。

だって、さすがに十二人は引くもん。

「なんでなの？」

「………お前らもマスターの嫁になれって言ってるんだよ。お腹ポッコリ発言はマスターの子供を産めって言っているの」

「え？　そうなの？　逆効果じゃない？」

逆効果になっていないのはナタリアとパメラが証明している。

「………普通はさ、ひとりの男性がひとりの女性と付き合って結婚するじゃない？　もちろん、貴族なんかの甲斐性《かいしょう》のある人は何人も囲うことはあるけど、それでも十二人なんて聞いたことがない。生きてきた世界が違うとはいえ、ユウマはその普通じゃないんだと思う。だからＡＩちゃんは最初にユウマがそういう人間だということを教えてくれてるの。最初からそういう人間だとわかっていて付き合うのと後から知るのでは全然違うからね」

「な、なるほど？」

「………ナタリア、目を閉じて想像してみて。ナタリアがユウマと良い仲になりました。そして、一緒に暮らして幸せに生きています。さて、そこにいるのはナタリアだけ？」

「……なんかいろいろいたね」

ナタリアはしばらく目を閉じていたが、ゆっくりと目を開けた。

でしょうね。

少なくとも、パメラはいたんじゃないかな？

「……どう思う？」

「仕方なくない？　そういう人なんでしょ」

ほら……諦めているというか、納得している。

「……いいの？　十二人だよ？」

「なんかさ、ユウマといると、お姫様気分を味わえない？」

ナタリア、子供の頃からそういう本が好きだからなー……。

「……味わうね。町で身体の大きな冒険者とすれ違う時に必ず庇《かば》うように歩くし」

「ねー。上から目線で偉そうな口ぶりだけど、絶対にこっちの意に沿わないことはしないし」

まあね。

「……これはリリーも危ないかな」

あの子、バカ……素直だし。

「アリスは？」

…………。

「……私たち、幼馴染。仲良くしようね」

「そうだね」

子供の頃から一緒な私たちがにっこりと笑い、頷《うなず》きあうと、ノックの音が部屋に響く。

すると、入室の許可も出していないのに部屋が開かれ、狐耳をぴょこぴょこと動かす金髪の女の子が部屋に入ってきた。

「なんの話ですかー？」

ＡＩちゃんはニコニコしながらこっちにやってくる。

「レイラさんの話は終わったの？　ユウマは？」

ナタリアが満面の笑みのＡＩちゃんに聞く。

「話は終わりましたし、マスターはゆっくりお風呂に入るそうです。それでなんの話ですかー？」

絶対に聞いてたでしょ。

わざとらしく、狐耳をぴょこぴょこさせて、聞いてたアピールしているし。

「普通の雑談だよ」

「へー……マスターはね、それはそれは素晴らしいお方なんですよ。奥様方もマスターを愛し、とても仲が良い家族だったんです」

いきなり語りだした。

ＡＩちゃん、逃がす気がないな……。

その後、ＡＩちゃんの謎のスピーチは夜遅くまで続いた。

エピローグ――今後

スタンピードが終わってから十日ほど経った。

あれから部屋でゴロゴロしているか、ナタリアやアリスと町を歩いている程度で仕事は何もしていない。

というのも、町自体は落ち着きを取り戻しているが、西の森を始め、周囲の森も平原も街道以外は立入禁止となっているため、冒険者の俺たちはやることがないのだ。

一応、町の中の仕事もあるのだが、金にならないし、ほぼ雑用なのでやる気はない。

そんなこんなで特にやることもなく、今日も部屋でゴロゴロとしていた。

そして、夕方になると、部屋にノックの音が響く。

「誰だー？」

ナタリアかな？

アリスかな？

『あ、私です』

この声はパメラだ。

「ちょっと待ってろ」

そう言って立ち上がると、扉の方に向かう。

そして、扉を開けると、そこにはいつものギルドの制服姿じゃないパメラが笑顔で立っており、そんなパメラの足元には狛《こま》ちゃんが尻尾を振りながら見上げていた。

「よう、パメラ。狛ちゃん、どうした？」

「あ、ここまで連れてきてくれた」

パメラは俺の部屋の位置を知っているんだが、まあ、それは言うまい。

「いい子だな。まあ、入れ」

パメラを招き入れると、狛ちゃんは走ってどこかに行ってしまった。

たぶん、定位置のソファーに戻っていったのだろう。

「お邪魔します」

パメラが挨拶をしながら靴を脱ぐ。

「今日は休みなのか？」

「うん。久しぶりの休み。それでちょっと話があってね……あれ？　ＡＩちゃんは？」

この部屋には俺しかいない。

「ＡＩちゃんは上じゃないかな？　暇だから女どもがいる三階に遊びに行っていると思う」

「あー、なるほど。やっぱり暇？」

「そりゃな。こんなにやることがないのはいつ以来だろうって感じだ」

というか、記憶が曖昧だが、こんなに休んだことはない気がする。

「ごめんね。ちょっとバタバタしてたし、いろいろと決めないといけないこととかあったから」

「まあ、そうだろうよ。今日はその話か？」

「そうね。ちょっと時間もらえる？」

長いかもしれないな……。

「よし、飯でも食いに行くか。約束どおり、奢《おご》ってやるぞ」

「いいの？」

「金はある。奢ってやるからいい感じの店に案内してくれ。最近はナタリアやアリスに町を案内してもらっているが、飯屋はわからん」

飯はここに帰ればあるからなー。

しかも、クライヴの飯は美味い。

「じゃあ、美味しいところを案内するよ」

「ん。行くか」

そう言うと、パメラが脱いだ靴を履きだす。

『ＡＩちゃん、俺はちょっとパメラと飯を食いに行ってくるわ』

念話でＡＩちゃんに伝える。

念話はある程度離れていても使えるのだ。

『了解です。今晩はお帰りになられます？　それとも部屋を外しましょうか？　ナタリアさんの部屋に泊めさせてもらいますけど』

『いらん気遣いだ。普通に帰ってくるし、少し話をするだけだ』

『わかりましたー』

アホなことを言うＡＩちゃんとの念話を切った。

「どうしたの？」

靴を履いたパメラが首を傾げる。

「いや、なんでもない」

俺は靴を履くと、パメラと共に部屋を出る。

そして、ソファーで寝ていた狛ちゃんに見送られ、建物を出ると、パメラに案内され、飯屋に向かった。

飯屋はギルドの近くにあり、そこそこ広く、テーブルとカウンターがある店だった。

俺たちは給仕の少女に案内され、カウンターに座ると、酒と食事を簡単に注文する。

すると、すぐに酒と食事がやってきたので乾杯をし、食べだした。

「異世界って感じだわ」

この店の内装も給仕も食事も酒もなにもかも違う。

最近はいろいろと学んできたが、やはりふとした瞬間に別世界に来たと実感する
「私はユウマさんの前の世界が気になるわ。怖ろしい術を使うし、全然、文化が違いそう」

「まあ、まず魔物がおらんからな。とはいえ、妖《あやかし》はいるが」

「妖ってあの大蜘蛛《ぐも》ちゃんみたいなの？」

パメラが酒を飲みながら聞いてくる。

「あの大きさはさすがにめったにいないが、まあ、そんな感じ。ついでに言うと、ＡＩちゃんも狐の妖怪だな。今度、耳と尻尾を見せてやろうか？」

「あの子、狐なんだ……」

「ああ。母上を模した式神だな。アバターだとかなんとか……そこがちょっと嫌だけど」

「ふーん……え？」

パメラが酒を置き、こちらを見てきた。

「なんだ？」

「ユウマさんのお母さんって狐の妖怪なの？」

「そうだぞ。狐火《きつねび》を使ってただろ。あれは狐にしか使えん」

「…………え？　ユウマさんってガチで人間じゃない？」

「どう見ても人間だろう。尻尾も耳もないぞ。もっと言えば長寿じゃないし、普通に死ぬ」

九十九歳は長生きだと思うがね。

とはいえ、そのくらい生きる人間はたまにいる。

「そういえば、死んだんだったね。ねえねえ、死ぬってどんな感じ？」

「あー、死ぬんだなーって思って、寝た感じ。気がついたら森の中だ」

老衰だし、そんなもんだろう。

苦しみなく、ただ寝るだけだ。

「へー……」

「パメラ、お前ってギルドの受付が長いのか？」

「十六歳の時になったから四年くらいかな？」

結構、長いな。

「ほかの転生者って知ってるか？」

「あー……何人かは知っているし、話したことはあるよ。それこそレイラさんもそうね」

ん？

あれ？

「レイラが転生者なことを知っているのか？」

「本人が隠しているようだから追及はしていないけど、知ってる。というか、転生者ってわかりやすいんだよね。だって、人生を二回も経験しているわけだから年の割に博識だし、落ち着いている。あと、根底にある常識が少し変だからさすがに何年も受付に座っていたらわかるよ」

まあ、レイラは五十年も生きた生粋の貴族だしな。

「レイラ以外はどうだ？　みんな、どんな感じなんだ？　俺のこれからの生き方の参考にしたい」

「生き方をお悩みで？」

「まあ、そんな感じ。俺は子供の頃から当主になるべく努力し、当主になった後も国と一族のために頑張ってきた。そんな俺がなんの使命もなくこの世界に来て、やることがない。特にこの十日は本当に暇だった」

本を読むくらいだ。

「なるほどー……お貴族様は自由に生きられないですが、いざ自由になっても何をすればいいのかわからないわけですか」

「そんな感じ」

「まあ、一般的には働いて結婚して、子供を作って育てる感じじゃないかな？　というか、それはどこの世界も一緒でしょ」

そりゃな。

じゃないと、種が滅ぶ。

「それは当然のことだろ？　貴族でも庶民でも変わらん」

「そんなに深く考えないでもいいと思うけどね。ほかの転生者だって特に考えてないと思うよ。しいて言うなら結構はっちゃけてるかな？　転生者のみなさんに共通するのは前世の後悔から同じ轍《てつ》を踏まないようにしている感じ。借金は嫌だーとか、絶対に結婚してやるとか。まあ、逆もあるけど」

レイラもそんな感じだしな。

「後悔がないんだよなー……」

「じゃあ、普通にやれば良いと思うよ。仕事してお金でも貯めなよ。何をするにしてもお金は大事」

まあ、そうなるか。

「そのうちやることが見つかるまでは気楽に働くか」

「うんうん。それがいいよ。そういうわけでお仕事の話です」

パメラが上機嫌で飲んでいた酒を置き、仕事モードになった。

「そうだな……気になっていたことではある。スタンピードはどうなったんだ？」

「まずですが、スタンピードは一応、終息したということになります」

まあ、原因である鏡は没収したし、犯人である魔族君は逃げたしな。

「原因はどうするんだ？」

「そこはまだ調査中ということになります。おそらくですが、原因を発表することはないでしょう。まあ、時間が経てば人は忘れます」

魔物が身近すぎるのも考えものだな。

町の人たちの危機意識が低い。

「魔族は言えんか？」

「はい。無理です。区長たちも中央のギルドも王家もそう結論づけました」

あの程度がそんなに恐ろしいのかね？

「仕事は再開できそうか？」

「それなんですけど、街道以外の立入禁止は明日にでも解かれます。ですが、西の森はもう少しかかりそうなんです。現在はギルド、国の調査団が調べているんですよ」

恐ろしい魔族が関わっているし、スタンピードが起きた森は徹底的に調査するって感じかね？

「まあ、わかった。そうなると、西区の冒険者はどうするんだ？　あそこが主な狩場なんだろ？」

「はい。ですので、当分はよそに出張してもらうことになるかと思います」

「よそ？」

「西区は西の森がメインなんですか、南にも森があります。そちらに行ってもらうことになりますね」

南か……。

方向的には俺が転生した森があるところだ。

「それっていいのか？　たぶん、南区の冒険者の狩場だろ」

「かまいません。たしかに南の森は南区の冒険者御用達《ごようたし》ですが、そもそもべつにそういう狩場の区分けはないんです。その証拠によその区の冒険者もたまには西の森に行かれますしね」

そういえば、ビッグボア討伐依頼の時によその区の冒険者を見たな。

「じゃあ、勝手に行けばいいわけだな？」

「はい。ギルドの掲示板にも南区の依頼票も貼ってありますし、みなさん、そのようにされると思います」

依頼票の争奪戦は無理なんだよな。

「例によって適当な依頼を回してくれ」

「もちろんです。ですが、以前のような優遇は難しいと思ってください。なにしろ、西の森の依頼なら優先的にこちらに依頼が回ってきますが、それはよそも同じです。南の森の緊急依頼は南区のギルドに優先されます」

まあ、そうだろうな。

「今はそこまで金に困っていないし、普通でいい。ナタリアやアリスに危険がない程度の依頼を回してくれ」

「わかりました。まあ、あの二人は結構強いんですけどね」

それはわかるが、魔法以外が貧弱すぎて不安なのだ。

「とにかく頼むわ。西の森が解禁になるまではそこまで積極的に仕事をする気もない」

「はい。それがいいと思います。次の話ですが、ユウマさんのことです」

俺ね。

「なに？」

「スタンピードの際のユウマさんのご活躍はよその区のギルドにも伝わっております。もちろん、大蜘蛛ちゃんやスタンピードを解決したことではなく、あの金色の炎や町の外での活躍ですね」

町の外はたいして活躍していないから防壁の上から撃っていた狐火だな。

「問題があるか？」

「まずは勧誘が来ると思います。よその区に所属しているクランやパーティーですね」

「来るか？　俺はすでにパーティーを組んでいるし、クランにも所属している。実際、西区の冒険者どもから勧誘はないぞ」

全然ない。

クランメンバー以外は話したこともない。

「それは早々にレイラさんのところに行ったからですね。レイラさんは人望もありますし、ほかのクランとの繋がりが深いです。さすがにほかのクランもAランクであるレイラさんに不義理はできませんから強引な勧誘はしてきません」

人望のある槐《えんじゅ》とか笑ってしまいそうになるが、本当に変わったんだろうな。

「よその区は関係ないか？」

「はい。もちろん、Aランクともなれば他所の区のクランとも繋がりはありますし、そういうクランは勧誘してこないと思います。ですが、レイラさんもすべてのクランと繋がりがあるわけではないですからね。それにあの人は敵を作らないことで有名ですが、その分、舐《な》められているところもあります」

まあ、舐められるわな。

レイラはそれでも敵を作るよりかはいいと思っていそうだ。

「パメラ、良いことを教えてやる。レイラをあまり舐めない方が良いぞ。あいつは俺と同じ世界から来た転生者だが、ウチと同じ格の家だ」

「え？　ほ、本当ですか？　お貴族様？」

パメラが驚く。

「ああ。蛇の神の一族の天霧家《あまぎりけ》だ。そして、あいつは十二歳で当主となった天才で国最高の陰陽師と呼ばれていた存在だな。今は前世のことを後悔し、腑抜《ふぬ》けているが、元々は全方位に敵を作ったほどに性格が破綻している当主様だ。あいつの本性は自分以外は無能と思っている独裁人間だからキレたらなにをするかわからんぞ」

「怖っ……気を付けます……実を言うと、あの人、ちょっと苦手だったんですよね。優しいんですけど、どこか怖くて……そういうこと……」

パメラは思い当たる節があったようで納得した。

「気をつけな。それで勧誘だが、どうすればいい？　普通に断ればいいのか？」

「それはユウマさんの意思次第です。ただ、断るにしてもなるべくトラブルは避けてください」

トラブルねー……。

向こうがケンカを売ってきたら知らんぞ。

「まあ、せっかく縁あって入ったクランだし、移籍はしない。トラブルもなるべくは避けよう」

槐みたいのはごめんだし。

「そうしてください。それとギルドからも勧誘が来るかもしれません」

「移籍しろって？」

「はい。各ギルドも人材を奪い合っていますからね」

本当にこの町は大丈夫かね？

「移籍してもメリットがなー……というか、めんどくさいわ」

「そうでしょう、そうでしょう。ささ、飲んでください」

パメラが笑顔で勧めてきたので酒を飲む。

たぶん、移籍してほしくないからしているんだろう。

おごりだから俺の金なんだけどな。

「ギルドからの圧力的なものは？」

「それはないです。当然ですが、こちらも圧力をかけますし」

まあ、力関係的に言えば、同等か。

あとはレイラも話をするって言ってたし、その辺は任せればいいだろう。

「わかった。ナタリアとアリスと話してみて仕事を再開しようと思うが、お前のところのギルドに行けばいいな？」

「そうですね。適当な依頼を見繕っておきますのでお待ちしております」

「頼むわ。さて、飲むか」

「そうね。久しぶりの休みを満喫しないと」

もう夜だけどな。

明日からも頑張ってくれ。

俺たちはその後も飲み続けていると、いい時間になったのでパメラを家まで送り届けた。

もちろん、家には上がらず、普通に別れた。

家に帰ると、何故かＡＩちゃんが部屋にいなかったが、気にせずに風呂に入る。

そして、風呂から上がり、ベッドに腰かけた。

「ＡＩちゃん、本当に帰ってこない気か？」

うーん……。

『ＡＩちゃん、ナタリアの部屋か？』

念話で確認する。

『あ、帰ってこられました？　パメラさんは？』

『普通に帰ったぞ。お前も戻ってこい。あ、二階に寄って酒を持ってこい』

『はーい』

念話をやめ、そのまましばらく待っていると、ＡＩちゃんがお酒を持って戻ってくる。

ただし、ＡＩちゃんの後ろには何故か、寝間着姿のナタリアとアリスもいた。

ＡＩちゃんが俺の隣に座り、グラスにお酒を注いでくれる。

ナタリアは俺の正面に座り、アリスが斜め右に座った。

「マスター、どうぞ」

「悪いな……」

ＡＩちゃんがグラスを渡してくれたので一口飲む。

「パメラさんとのデートはどうでした？」

「いや、待て。その前にナタリアとアリスはなんでいるんだ？」

結構、遅い時間だし、寝ろよ。

「パメラさんとの話はどうだったのかなって思って」

「……気になる」

女子がすぐに恋バナに繋げたがるのはどの世界も一緒か？

「普通の話だ。それに仕事の話だよ。仕事の話は明日、話すから朝に来てくれ」

「わかった。どうせ一緒に朝ごはん食べるしね」

「……普通の話……ユウマの普通は普通じゃない」

アリスはなにを言っているんだ？

「そんなことはどうでもいいわ。お前らも寝ろ。また仕事を再開するぞ」

「……ねえ、ユウマ。ちょっと聞いてもいい？」

アリスが改めて聞いてくる。

「なんだ？」

「……私達、パーティーを組んでいるよね？　ユウマがリーダー」

「仮な。リリーが帰ってきたらまた考える」

「…………うん。あのさ、私たちでいいの？　ユウマならソロでも十分にやっていけるよ？」

「ソロはねーわ。仲間って大事なんだぞ。強いやつ一人より、雑魚三人の方が時には優れるもんなんだよ。それが人間」

前世で陰陽師として活動していたが、単独行動なんてありえない。

一人では不測の事態に対応できないのだ。

「…………あとさ、正直に言うと、ユウマならもっと上のパーティーでもやっていけるよ？」

「お前ら以上はいねーよ」

共に行動する者たちのことはそう思わないといけない。

「…………そう」

アリスはつぶやくと、何故かナタリアと握手をしだした。

「なにしてんだ？」

「…………なんでもない」

「これからも仕事を頑張ろうねってこと」

ふーん……。

「じゃあ、明日な。俺は寝る」

そう言って、酒を一気飲みする。

「……………うん、おやすみ」

「おやすみー」

「はいはい、良い夜を」

二人は立ち上がると、部屋から出ていった。

「寝るぞ」

「はーい」

俺たちは電気を消すと、布団《ふとん》に入る。

「マスターは素晴らしいですね。お二人、頬が緩んでましたよ」

「いいから寝ろ」

そう言うと、明日からも頑張ろうと思い、目を閉じた。

「マスター、ナタリアさんとアリスさん、それにパメラさんと上手くやれそうです？」

隣で横になっているＡＩちゃんが聞いてくる。

「優しいし、良い子たちじゃないか。なにも問題はないな」

あいつらは俺を異世界人と言うが、俺にとってもあいつらは異世界人だ。

だから最初は考え方や生き方が特殊だったらどうしようかと思っていた。

でも、根本にあるものは変わらないし、同じ人間だ。

「そうですか。なら良かったです」

「お前が言ってたように縁は大事だ。俺は賑《にぎ》やかな方が好きなんだよ」

「知ってます。信頼できる味方はいっぱいいた方が良いです」

「そうだな……寝るぞ」

「はい。おやすみなさい」

新しい人生が始まったが、いきなりスタンピードなんていうものに巻き込まれたし、こちらの世界もつくづく物騒なところだ。

しかし、見るものすべてが新鮮だし、人も悪くない。

まさかの転生してきた槐もいたが、ナタリアやアリス、それにパメラに出会え、縁ができたことは良かったと思う。

前世とはまったく違う世界だが、こういう世界で暮らしていくのも楽しいだろう。

ＡＩちゃんと一緒にこの世界をより知るためにも、地に足をつけてまずは明日からの仕事を頑張るか。

この作品に対するご感想、ご意見をお寄せください

【あて先】

〒154-0002
東京都世田谷区下馬6-15-4
(株)コスミック出版
ハガネ文庫 編集部

「出雲大吉先生」係
「へいろー先生」係

ハガネ文庫

最強陰陽師《さいきょうおんみょうじ》とAI《あい》ある式神《しきがみ》の異世界無双《いせかいむそう》
～人工知能《じんこうちのう》ちゃんと謳歌《おうか》する第二《だいに》の人生《じんせい》～

●

2024年6月25日　初版発行

●

著者：出雲大吉

発行人：佐藤広野

発行：株式会社コスミック出版
〒154-0002　東京都世田谷区下馬 6-15-4

代表 TEL 03-5432-7081
営業 TEL 03-5432-7084　FAX 03(5432)7088
編集 TEL 03-5432-7086　FAX 03(5432)7090

https://www.hagane-cosmic.com/
振替口座：00110-8-611382

装丁・本文デザイン：RAGTIME
印刷・製本：中央精版印刷株式会社

●

Printed in Japan ISBN978-4-7747-6571-6 C0193

ハガネ文庫